Fred Ink

Das Grauen in den Bergen

Bibliografische Informationen der **Deutschen Nationalbibliothek**:
Die Deutsche Nationalbibliothek verzeichnet diese Publikation in der Deutschen Nationalbibliografie*; detaillierte bibliografische Daten sind im Internet über dnb.d-nb.de abrufbar.*

Covergestaltung: Jenny Merz

Herausgegeben von:
Oliver Lutz
Paulinenstr. 26
72116 Mössingen

ISBN-10: 1478377089
ISBN-13: 978-1478377085

Für Edgar und Howard

- Ein Schreiben und ein Abschied -

Namenloses Dorf, 12. Oktober 1927

Liebste Magdalene,

wenn du dies liest, existiere ich nicht mehr. Dein Mann ist dann ausgelöscht, und was von ihm bleibt, wage ich nicht zu beschreiben. In gewisser Weise werde ich gestorben sein, und vermutlich ist es das Beste, wenn du meinen Tod als Gewissheit akzeptierst. Verschwende keinen Gedanken mehr an deinen Gatten, schone deine Kräfte und versuche nicht, mich zu finden. Ich werde tot sein und du wirst endlich Frieden haben. Das ist alles, was du wissen musst.

Mir liegt viel an deinem Seelenheil, daher würde ich dich am liebsten nicht mit der Chronologie der Ereignisse belasten. Ereignisse, die mich in Abgründe blicken ließen, die tiefer und finsterer sind, als ich sie mir je hätte vorstellen können – Schlünde, sowohl inner-, als auch außerhalb meiner selbst. Ereignisse, die mich vollkommen vereinnahmten, mich die Kontrolle verlieren ließen und die mich schließlich zu jener fürchterlichen und zugleich verheißungsvollen Entscheidung zwangen, die meinem bisherigen Leben so vollständig ein Ende setzen wird.

Du hast weiß Gott lange genug unter mir und meiner labilen Psyche gelitten; du solltest nicht von den schrecklichen

Erlebnissen der letzten Tage gemartert werden, von meinem Entsetzen, meinen Entdeckungen und meiner Ausweglosigkeit. Aber ich liebe dich mehr als alles Andere und daher hast du es verdient, die Wahrheit zu erfahren. Ich möchte vollkommen ehrlich zu dir sein, bevor ich mich aus dieser Existenz verabschiede.

Vermutlich wirst du meine Ausführungen als Ausgeburt eines kranken Hirns abtun – noch ein schizophrener Schub, ein weiterer Rückschlag nach einer hoffnungsvoll begonnenen Therapie. Mein Geist war seit jeher zerrüttet und das Einzige, was die klaffenden Lücken zwischen der Realität und dem Chaos dahinter zu kitten vermochte, warst du. Es warst einzig du, meine liebste Magdalene. Und du hast inzwischen so viel meines Irrsinns miterleben müssen, dass du begonnen hast, selbst daran Schaden zu nehmen. Du hast dich zurückgezogen, dir eine Auszeit erbeten, um dich von deinem Ehemann zu erholen. Die vorläufige Trennung war eine glückliche Fügung des Schicksals, denn sie sorgte dafür, dass du nicht zugegen warst, als mich der Brief erreichte.

Mir gefällt der Gedanke, dass du alles, was nach diesem Schreiben kam, als Wahnvorstellungen auslegen könntest, als einen Anfall von Geisteskrankheit, der letzten Endes zu meinem Untergang führte. Am besten verfährst du genau so, meine Liebste. Glaube mir kein Wort, verabschiede dich in Würde und sei endlich frei. Ich werde bald aufhören, dich zu quälen.

- Eine Entlassung und eine Reise -

Ich erhielt den Brief am fünften Oktober. Obgleich jenes Datum erst wenige Tage zurückliegt, hat sich in der Zwischenzeit so vieles zugetragen, dass es mir vorkommt, als wären Jahre vergangen.

An diesem Montag wurde ich aus dem Sanatorium entlassen. Ich hatte gute Fortschritte gemacht, wurde mir versichert. Die Medikamente schlugen an, die psychiatrischen Sitzungen halfen dabei, dass ich mich selbst besser verstand und die Beschäftigung mit Ton und Farben ließ mich die inneren Dämonen bekämpfen, indem ich sie in reale Bilder und Skulpturen bannte. Mit der nötigen Medikamention versehen, wollte man mich erneut auf die Welt loslassen.

Ein sanfter Windhauch umspielte meine Züge, als ich über den laubbedeckten Kiesweg zum Tor schritt. Die Oktobersonne streichelte mir die Wangen und schien sagen zu wollen: Sei guten Muts! So wie die Bäume im nächsten Frühjahr erneut austreiben, so wirst auch du wieder erblühen. Du bist den Ballast deines alten Lebens losgeworden. Der Schnee wird kommen und alles bedecken, und was sich dann vor dir ausbreitet, ist jungfräulicher Boden, den du so beschreiten kannst, wie du möchtest.

Klingt nach schwelgerischem Unsinn, nicht wahr? Doch an jenem Tag fühlte es sich so an. Ich träumte davon, ganz von vorne zu beginnen, mir ein einfaches, ehrliches Leben aufzubauen und dich zurückzugewinnen. Ich breitete die Arme aus, sog die erdige, kühle Luft in mich auf und trat durch das schmiedeeiserne Tor hinaus in die Freiheit. Mein Koffer stand bereit. Ich ergriff ihn und setzte mich in Richtung der Bushaltestelle in Bewegung. Wohin es mich verschlagen würde, wusste ich nicht – erst einmal in einem Motel unterkommen, dann würde man schon sehen.

Bereits nach wenigen Schritten sah ich die schwarze Limousine, die nahe dem Tor parkte. Als der Fahrer mich bemerkte, stieg er aus und nickte mir freundlich zu.

»Mr. Usher?« Er klang vornehm und trug eine Chauffeurs-Uniform aus edlem Zwirn.

»Ja?«, entgegnete ich wenig einfallsreich.

»Vergessen Sie den Bus. Mr. Vanderbilt hielt es für geziemender, dass ich Sie abhole.«

Ehe ich meiner Verblüffung Ausdruck verleihen konnte, hatte der Mann sich mein Gepäck gegriffen und im Kofferraum verstaut. Er kehrte zu mir zurück und hielt mir die Tür auf. »Wenn ich bitten dürfte?«

»Wer ist Mr. Vanderbilt? Und wohin wollen Sie mich bringen?«

»Mr. Vanderbilt pflegt mich nicht über die Details seiner Geschäfte zu informieren. Nach allem, was ich weiß, spielt jedoch eine Erbschaft eine nicht unerhebliche Rolle bei der Sache.«

»Eine Erbschaft? Wer sollte mir etwas vererben? Ich habe keine Familie, abgesehen von ...« Das pure Entsetzen ergriff mich. »Magdalene! Was ist mit meiner Frau?«

Der Chauffeur lächelte milde. »Ihre Gattin ist wohlauf, machen Sie sich keine Sorgen.«

»Woher wollen Sie das wissen? Ich denke, Ihr Boss erzählt Ihnen …«

»Mr. Vanderbilt hat zufälligerweise darauf bestanden, dass ich *ausschließlich* Sie abhole, Mr. Usher. Ihre Frau darf unter keinen Umständen zugegen sein.«

Ich bestürmte den Mann noch mit vielen weiteren Fragen, doch er lächelte sie allesamt weg und deutete hartnäckig ins Innere des Fahrzeugs. Es war ein sündhaft teures Modell, ausgelegt mit duftendem Leder und mit Zierleisten aus Wurzelholz veredelt. Ich gebe zu, dass der Gedanke, derart komfortabel zu reisen, einen nicht unerheblichen Reiz auf mich ausübte. Selbstverständlich hatten mich die Andeutungen des Mannes auch neugierig gemacht; ich konnte mir beim besten Willen nicht vorstellen, wer mir etwas hätte vererben sollen und brannte darauf, dieses Rätsel zu lösen. Ein vorläufiges Reiseziel hatte ich nun auch, also gab ich dem Drängen des Fahrers schließlich nach und sank in die weiche Rückbank.

Als der Chauffeur (seinen Namen habe ich nie erfahren) sich während der Fahrt als weitgehend wortkarg entpuppte, beschloss ich, stattdessen die Landschaft zu genießen, um die nagenden Gedanken zu verdrängen. Viel zu lange hatte ich nur durch vergitterte Fenster nach draußen spähen können, hatte ich lediglich Luft atmen können, die durch Reihen von Metallstäben und Zäunen gefiltert wurde. Nun breitete sich die offene Welt vor mir aus, und mir schien, als habe sie sich zu meiner Begrüßung in ihr prächtigstes Gewand gekleidet. Eine Prozession aus rotgoldenen Blättern, dampfenden Wiesen und märchenhaften Gehöften zog an meinen gierigen Augen vorbei, als wir über die verschlungenen Straßen der Berge Neuenglands rollten. Naturbelassene Bächlein plätschern dort unbehelligt dahin, während uralte Bäume ihre mächtigen Äste über sie breiten. Es gibt Schluchten und Täler, die bis heute der menschlichen Besiedlung entgangen sind. Und mit einem Mal erschien mir die Vorstellung, ein Leben in dieser wunderschönen Abgeschiedenheit zu führen, ungemein verlockend. Wo könnte ich eine bessere Gelegenheit finden, mich ins Leben zurückzutasten, als in der friedlichen Idylle dieser ländlichen Gegend?

Natürlich hatte ich zu jenem Zeitpunkt keine Ahnung davon, dass mein weiterer Weg mich schon bald in diese Abgeschiedenheit führen würde. Mir war auch nicht klar, dass es Flecken gibt, die der Mensch vollkommen zu Recht meidet, Orte, denen ein Schatten anhaftet und die nicht gesund sind. Hätte ich nur den Schimmer einer Vorstellung davon gehabt, was mir innerhalb der nächsten Tage bevorstehen würde, ich hätte sofort die Tür des Wagens aufgestoßen und mich in voller Fahrt auf die Straße geworfen.

- Ein Erbe und ein Vertrag -

Mr. Vanderbilt kam einem Geier so nah, wie es einem Menschen möglich ist. Vielleicht hatte er die Grenzen des in diesem Zusammenhang Erlaubten auch um einige Zoll überschritten. Sein kahler Schädel klammerte sich an einen langen, dürren Hals. Eine riesige Aristokratennase stach mir entgegen, während mich kleine, gierig funkelnde Äuglein musterten. Sein Alter war unbestimmbar, ich schätzte ihn jedoch auf mindestens siebzig, da seiner Haut eine pergamentartige Faltigkeit zu eigen war, die mir nicht sonderlich behagte. Ich konnte mich des Eindrucks nicht erwehren, einem Aasfresser gegenüberzusitzen, der vom sicheren Platz im hohen Geäst aus auf seine nächste Mahlzeit herablächelte.

Wie Vanderbilts Büro eingerichtet war, werde ich nicht verraten. Und in welcher Stadt das Gebäude stand, wirst du ebenfalls nicht erfahren, Magdalene. Ich möchte dich nicht in die Lage versetzen, meine Spuren zurückverfolgen zu können. Du könntest sonst auf die Idee kommen, etwas sehr Törichtes zu tun und mich suchen. Falls du glaubst, in Vanderbilts Namen einen brauchbaren Hinweis gefunden zu haben, lass dir gesagt sein: Es handelt sich nicht um den wahren Namen dieses Mannes. Vielmehr ist er frei erfunden, wie sämtliche Namen innerhalb meines Berichts. Bemühe dich also nicht, Liebste!

Nachdem ich in einem Ledersessel vor Vanderbilts Schreibtisch Platz genommen hatte, faltete der Mann die dürren Hände vor der Brust und legte sein spitzes Kinn darauf ab. Er musterte mich einige Sekunden lang, bevor er verkündete: »Mr. Usher, kein Zweifel. Die Ähnlichkeit ist nicht zu übersehen.«

»Bitte? Wie meinen Sie das?«

Vanderbilt lehnte sich zurück, entfaltete beide Zeigefinger und legte ihre Spitzen aneinander. Sein Anzug raschelte, als er an dem spindeldürren, trockenen Körper entlangglitt. »Ich spreche von Familienangehörigkeit, Mr. Usher. Körperbauliche Merkmale, vererbte Parallelen.«

»Tut mir leid, Sie enttäuschen zu müssen, aber ich habe keine Blutsverwandten. Ich war ein Waisenkind und habe bislang keine Kinder gezeugt. Und wenn meine Frau mit mir verwandt wäre, wüsste ich das sicherlich.«

Falls ich gehofft hatte, mit der letzten Bemerkung eine amüsierte Reaktion zu provozieren, wurde ich enttäuscht. Vanderbilts Stimme klang rau und hohl, als er antwortete: »Das ist es, was sie bislang dachten, Mr. Usher. Aber was wäre, wenn ich Ihnen sagte ...« Eine seiner Spinnenhände zog eine Schublade des Schreibtisches auf, fasste hinein und förderte einen versiegelten Umschlag zutage. »... dass bis vor wenigen Tagen tatsächlich ein Blutsverwandter von Ihnen existiert hat? Und dass Sie der alleinige Erbe seiner gesamten Besitztümer sind?«

»Und wer soll das sein? Denken Sie wirklich, ich wüsste nichts davon, wenn ich irgendwo dort draußen einen Onkel, Neffen oder Großcousin hätte?«

Du weißt ja, dass ich viele Jahre meines Lebens darauf verwandt habe, meine Herkunft zu ergründen, Magdalene. Daher wirst du den Schock nachvollziehen können, den Vanderbilts nächste Worte mir versetzten.

»Ich spreche nicht von einem Onkel oder Großcousin. Bei dem Verstorbenen handelt es sich um Ihren Vater.«

Es dauerte einige Sekunden, ehe die Farbe in mein Gesicht zurückkehrte. Als ich wieder Luft bekam, sprudelte es aus mir heraus: »Mein ... mein Vater? Blödsinn! Ich habe meine Eltern nie kennengelernt! Woher ...? Sind Sie sicher? Was hat er all die Jahre gemacht? Woran ist er gestorben?«

Ich wusste nicht, was ich angesichts dieser Offenbarung fühlen sollte. Vanderbilt war weit davon entfernt, mich von der Wahrhaftigkeit seiner Behauptung zu überzeugen. Doch selbst falls ich ihm geglaubt hätte ... in mir rangen die verschiedensten Emotionen miteinander. Und was der Notar anschließend erzählte, machte die Sache nicht gerade besser.

»Beruhigen Sie sich, Mr. Usher. Ihre aufbrausende Art ist eines Gentlemans nicht würdig. Ja, atmen Sie tief durch. Versuchen Sie, sich zu entspannen. Besser. Also, um einige Ihrer Fragen zu beantworten: Ihr Vater hat zeit seines Lebens von Ihrer Existenz gewusst. Ja, er hat Sie sogar überwacht, könnte man sagen. Allerdings zwangen gewisse ... Umstände ihn und seine Gattin dazu, sich Ihnen niemals zu offenbaren.«

»Seine Ga ... Sie meinen meine Mutter?«

»In der Tat, ich spreche von Ihrer Mutter.«

»Aber ... aber warum haben sie sich nie bei mir gemeldet? Weshalb waren sie nicht für mich da, als ... als ich sie gebraucht hätte?«

Ich war drauf und dran, dem dürren Kerl an die Kehle zu springen. Die Vorstellung, dass die eigenen Eltern sich vor mir verborgen haben sollten ... dass sie mich weggegeben hatten, in die zweifelhafte Obhut eines Heims ... dass sie mich laut Vanderbilt mit meinem entbehrungsreichen und gepeinigten Leben alleingelassen hatten, obwohl Sie von meinen Problemen wussten ... es war beinahe mehr, als ich ertragen konnte.

Der ausgemergelte Mann beugte sich vor und fixierte mich mit kühlem Blick. »Es ist nicht meine Aufgabe, die Motive Ihrer Eltern zu hinterfragen, Mr. Usher. Ich verwalte lediglich den Nachlass.« Einer seiner Finger pochte auf den Umschlag. Ich erwartete halb, dass er ihn mit dem dürren Ding aufspießen würde. »Und ich vermute, dass Sie an der Bedingung interessiert sind, die an die Übergabe des Nachlasses gebunden ist.«

»Bedingung?«

»Jawohl, es gibt eine Bedingung. Sie müssen wissen, dass Ihre Eltern durchaus an Ihrem Wohlergehen interessiert waren, denn Sie haben Ihnen eine nicht unerhebliche Summe vermacht. Zusätzlich liegt dem Scheck ein Schreiben Ihres Vaters bei, das, ich zitiere: ›... die Antworten auf viele berechtigte Fragen enthält, selbst wenn es unser Verhalten niemals wird entschuldigen können.‹ Klingt das interessant, Mr. Usher?«

Ich prustete: »Da fragen Sie noch? Nun öffnen Sie den verdammten Umschlag schon, Sie ...«

Vanderbilts Zweig von einem Zeigefinger hob sich und wurde sanft geschwenkt. »Ich fürchte, derart einfach ist die Sache nicht. Da wäre noch die erwähnte Bedingung.«

Erneut griff er in die Schreibtischschublade. Als seine Hand wieder erschien, hielt sie ein Blatt Papier und einen Füllfederhalter umklammert. »Es obliegt mir, Ihnen diesen Kontrakt zu unterbreiten, Mr. Usher. Sollten Sie mit den Bedingungen des Vertrages einverstanden sein, werde ich Ihre Unterschrift notariell beglaubigen. Alsdann steht einer Übergabe des Nachlasses nichts mehr im Wege.« Er lächelte wölfisch.

»Kontrakt? Was zur ...?«

Ich riss das Dokument an mich. Abgesehen von der Kopfzeile und den unleserlichen Unterschriften Vanderbilts und eines Mannes, bei dem es sich um meinen Vater handeln sollte, stand dort nur ein einziger Satz. Ich las ihn wieder und wieder, starrte minutenlang auf das Blatt Papier und wandte mich letztlich verstört an den menschlichen Geier, der mir gegenübersaß.

»Weshalb sollte er wollen, dass ich das tue?«

Vanderbilt zuckte mit den Achseln – spitze Schulterknochen durchbohrten nahezu das Jackett. »Ich weiß es nicht, Mr. Usher. Wie gesagt ist es nicht meine Aufgabe, die Motive …«

Ich hörte schon nicht mehr hin, sondern klebte wieder an dem Vertrag. Vor meinen ungläubigen Augen prangte der Satz, jener einzelne Satz, der etwas so scheinbar Sinnloses von mir forderte. Ich wünschte heute bei Gott, ich hätte ihn tatsächlich befolgt.

Das Schriftstück verlangte in unmissverständlichem Tonfall:

Verbrenne unser Haus sowie sämtliche Besitztümer, die sich darin befinden.

»Woher weiß ich, dass das kein Scherz ist? Haben Sie einen Beweis dafür, dass dieses Schreiben tatsächlich von meinem leiblichen Vater stammt?«

Vanderbilts Finger krochen in die Innentasche seines Sakkos. Kommentarlos legte er eine Fotografie vor mir ab. Sie zeigte zwei Personen, eine männlich, eine weiblich. Ich hatte beide noch nie gesehen. Und doch erkannte ich sie sofort.

Irgendwann griff ich mit tauben Fingern nach dem Füllfederhalter und kritzelte meinen Namen auf das Papier. »Wie lange habe ich Zeit?«, murmelte ich.

»Der Vertrag ist an keinerlei Fristen gebunden, Mr. Usher.«

»Woher wollen Sie wissen, dass ich es auch wirklich getan habe?«

»Geben Sie mir Bescheid, sobald die Bedingung erfüllt ist. Ich werde anreisen und die Ruine in Augenschein nehmen.«

»Kann ich mir das Haus zuerst ansehen, bevor ich es in Brand stecke?«

»Auch hierzu beinhaltet der Vertrag keine Klausel. Es steht Ihnen frei zu tun, was Sie möchten. Aber ich kann Ihnen den Scheck erst aushändigen, wenn das Gebäude ein Raub der Flammen geworden ist.«

Konnte ich es einfach zerstören? Durfte ich das? Es mochte so viele Dinge beinhalten, die mir etwas über meine Eltern sagen konnten. Über sie und über die Art, wie sie gelebt hatten. Und vielleicht auch darüber, weshalb ich an diesem Leben nicht hatte teilhaben dürfen. Ich musste es zuerst untersuchen, Vertrag hin oder her.

»Allerdings«, fügte Vanderbilt plötzlich an, »sollten Sie wissen, dass der Sinn des Kontrakts eindeutig darin besteht, Sie von dem Haus und den Dingen darin fernzuhalten. Was auch immer Ihre Eltern getan haben, sie möchten nicht, dass es an die Öffentlichkeit gelangt. Wenn Sie mich fragen, sollten Sie schlicht tun, worum Sie gebeten wurden.«

Ich schüttelte den Kopf. »Geben Sie mir die Adresse. Wir sehen uns in ein paar Tagen.«

Vanderbilt seufzte. »Ganz wie Sie wünschen.«

Noch ein Stück Papier wechselte den Besitzer. Ich wollte schon aufstehen und das Büro verlassen, als mir eine Idee kam. »Was ist mit dem Brief? Bekomme ich den ebenfalls erst, wenn das Gebäude nicht mehr steht?«

»So sieht es der Vertrag vor, Mr. Usher.«

»Aber es ist doch nur ein Brief. Eine simple Nachricht. Verglichen mit dem Rest des Erbes nahezu wertlos.«

»Tut mir leid, Mr. Usher, aber …«

»Auf welche Summe beläuft sich das Erbe?«

Unfassbar, dass mir diese Frage erst jetzt in den Sinn kam, was? Aber wie ich inzwischen weiß, verkommt Geld angesichts privater Verluste und eines Mahlstroms unterschiedlichster Gefühle endgültig zur Nebensache.

Ohne mit der Wimper zu zucken, entgegnete Vanderbilt: »Rund zehn Millionen Dollar.«

Ich schluckte. »Na schön. Wenn Sie mir den Brief jetzt sofort aushändigen, können Sie zehn Prozent der Summe zu Ihrem Honorar addieren. Wie klingt das für Sie?«

Der Notar sagte lange nichts. Seinem Pergamentgesicht war keinerlei Emotion zu entnehmen. Schließlich griff er abermals in einige Schubladen und setzte ein neues Schriftstück auf. Ich unterzeichnete an der Stelle, die er mir zeigte, worauf er lächelnd verkündete: »Es ist eine Freude, mit Ihnen Geschäfte zu machen, Mr. Usher.«

Und so bekam ich den Brief.

- Ein Brief und ein Geständnis -

Mein Sohn,

da du dies liest, hast du meinem letzten Wunsch entsprochen und getan, was ich nie konnte. Vielen Dank! Ich bin mir sicher, dass Unmengen von Fragen dein Herz belasten. Mit etwas Glück vermag dieses Schreiben die drängendsten davon zu beantworten.

Zunächst möchte ich dir eines versichern: Deine Mutter und ich haben dich stets geliebt. Vermutlich wirst du dies angesichts deines schwierigen Lebensweges kaum glauben, doch wir konnten unserer Zuneigung am ehesten Ausdruck verleihen, indem wir dir fernblieben. Du musst wissen, dass wir uns mit einer recht seltsamen und gefährlichen Angelegenheit befasst haben. Diese Angelegenheit war es, derentwegen wir dich der Obhut eines Heims überließen. Und sie ist der Grund für das verfrühte Ableben deiner Mutter. Was mich angeht, so plane ich zwar, meinem Leben selbst ein Ende zu setzen, doch wird dafür letztendlich auch die erwähnte Angelegenheit verantwortlich sein.

Wovon ich spreche, brauchst du nicht zu wissen. Die Sache könnte dich genauso vereinnahmen, wie sie es mit uns getan hat, und das möchte ich mit aller Macht verhindern. Du hast unser Haus vernichtet, was hoffentlich bedeutet, dass du niemals erfahren wirst, was wir in jenem gottverlassenen Dorf gesucht haben. Gräme dich jetzt nicht, denn es war das einzig Richtige, alles zu verbrennen. Ich weiß das seit langer Zeit, doch war die Obsession stets stärker als mein Wille, das Rechte zu tun.

Lass mich dir sagen, dass du von edlem Geblüt bist, Junge. Dein Ur-Ur-Urgroßvater war der Graf von Coldlowe, damals, in der alten Heimat. Der Titel ist inzwischen freilich bedeutungslos geworden, allerdings sorgte der Reichtum der Coldlowes dafür, dass die Nachkommen des Grafen stets in Wohlstand leben und zahlreiche Annehmlichkeiten genießen konnten. Ich hoffe, dass du trotz deiner Krankheit und den damit verbundenen Strapazen deine edle Abstammung spüren konntest. Die Coldlowes sind ein nobles Geschlecht, voller Würde, Kraft und Hartnäckigkeit; und es würde mich mit Stolz erfüllen, in dir diese Eigenschaften fortbestehen zu sehen. Allerdings solltest du die Coldlowe'schen Tugenden auf andere Ziele als die Enträtselung unserer Geheimnisse richten. Es ist nun alles Asche, und so soll es auf ewig bleiben.

Leider war es notwendig, dass der Waisenknabe, zu dem wir dich machten, namenlos war. Ansonsten wärest du uns mit Sicherheit auf die Schliche gekommen. Eine Spende an das Heim sorgte dafür, dass dein neuer Name einigermaßen wohlklingend war. Und was das Vermögen der Coldlowes angeht ... ich fürchte, meine verbissene Suche hat einen großen Teil davon verschlungen, doch es sollte genug übrig sein, um den Rest deines Lebens weniger strapaziös und unangenehm werden zu lassen als die vergangenen Jahre.

Ich möchte es noch einmal in aller Deutlichkeit sagen: Lass unsere Suche ruhen! Sie hat deinen Großvater in den Wahnsinn getrieben, deine Mutter aufgefressen und mich die Pistole laden lassen, die während des Schreibens neben mir liegt. Ich bekomme es nicht aus meinem Kopf, verstehst du? Es hat von mir Besitz ergriffen, darum war es mir unmöglich, die Früchte meiner Arbeit selbst zu vernichten und ich musste dich damit belasten.

Deine Mutter und ich fühlten uns wie Schatzjäger, doch war der Pfad zu tückisch für uns. Was wir gesucht haben, ist nicht für eines normalen Menschen Hand bestimmt. Es schadet dem Geist. Deine Krankheit wurde von dem Ding hervorgerufen, und das, obwohl wir ihm nie wirklich nahe waren. Es hat deinen unreifen Verstand vergiftet, während er sich im Mutterleib entfaltete. Und weil wir selbst nach deiner Geburt nicht von der Sache lassen konnten, mussten wir dich hergeben. Verstehst du? Du wärest ansonsten längst tot. Wir taten es, um dich zu schützen.

Diese Sache ... sie ist das Schönste und zugleich Schrecklichste, das ein Mensch sich vorzustellen vermag. Freundschaften wurden dafür beendet, Herzen gebrochen, Leben genommen. Und nichts hat die Suchenden ihrem Ziel näher gebracht.

Es würde dich ebenfalls vernichten. Also lass die Sache ruhen. Kehre niemals in das Dorf zurück und erzähle niemandem davon. Am besten verbrennst du auch diesen Brief.

Ich werde nun die erste edle und richtige Tat seit vielen Jahren vollbringen. Und gleichzeitig wird es meine letzte sein.

Ich wünschte, ich hätte den Mut gefunden, dir in die Augen zu sehen, während ich dir dies alles berichte.

Vergib uns.

Frederick von Coldlowe

***

Du kannst dir sicher vorstellen, wie sehr mich die Lektüre dieses Schreibens bestürzte, Magdalene. Zwar war ich noch immer nicht vollkommen überzeugt davon, der Adressat des Textes zu sein, doch waren meine Zweifel hinlänglich ausgeräumt, um mich tiefes Mitgefühl, eine gewisse Befriedigung, Sorge und Wut gleichermaßen verspüren zu lassen.

Ob dieser Frederick mein Vater war oder nicht (die Fotografie war ein starker Beweis, doch geschickte Fälschung vermag selbst das geschulteste Auge zu täuschen), er tat mir aufrichtig leid. Man musste kein Hellseher sein, um seine Todesursache zu erraten. Er hatte sich selbst erschossen – und der verfrühte Tod seiner Frau hatte allem Anschein nach nicht unerheblich zu dieser Entscheidung beigetragen. Er hatte sein Leben einer ausweglosen Sache verschrieben, und diese Sache hatte ihn am Ende vernichtet. Es las sich wie eine griechische Tragödie.

Falls ich tatsächlich sein Sohn war, so war ich einerseits wütend auf ihn – weil er mich verstoßen, mir die elterliche Liebe vorenthalten hatte –, andererseits flößte mir die Vorstellung, ich könnte von adeliger Abstammung sein, auch Stolz ein. Hatte ich nicht mehr erduldet als die meisten Menschen? War ich nicht erhobenen Hauptes aus jeder Katastrophe hervorgegangen? Mein Geist ist krank, doch ich war stets bemüht, die Gewalt über mein Leben nicht aus der

Hand zu geben. Und zu jenem Zeitpunkt hatte ich die Kontrolle. Die Dämonen waren gebändigt. Waren es die Coldlowe'schen Tugenden, die mich dies hatten vollbringen lassen?

Selbstverständlich plagte mich das schlechte Gewissen, weil ich den Brief verfrüht geöffnet hatte. Doch barg diese Verfehlung eine gewaltige Chance. Mein vermeintlicher Vater sprach von Geheimnissen, machte Andeutungen, die so erschreckend und zugleich verlockend klangen ...

Du kennst mich, Magdalene. Du weißt, wie neugierig ich immer war. Nichts quält mich mehr als ein hübsch verpacktes Geschenk, dessen Inhalt ein Mysterium für mich darstellt. Und hätte mein vermeintlicher Vater mehr über mich gewusst, er hätte mit Sicherheit ein weniger rätselhaftes Schreiben aufgesetzt. Schon während des Lesens war mir klar, dass ich das Haus wie geplant untersuchen würde. Verbrennen konnte ich es auch später, weder das Gebäude noch Vanderbilts Scheck würden davonlaufen. Ich musste einfach erfahren, was so magnetisch an den Menschen gesogen hatte, die vorgaben, mich gezeugt zu haben.

Mein Koffer war ohnehin gepackt, ein Busticket rasch gekauft. Am Nachmittag des nächsten Tages erreichte ich das Dorf.

- Eine Ortschaft und eine Düsternis -

Meine Nasenspitze kribbelte, als ich den Bus verließ; vermutlich platzten in der dünnen Luft einige Blutgefäße. Der Fahrer machte keinen Hehl daraus, dass er die Gegend schnellstmöglich wieder verlassen wollte. Ich war der letzte Fahrgast gewesen, niemand sonst wagte sich so weit in das Mittelgebirge vor. Die Haltestelle wurde nur bei Bedarf angesteuert – und der bestand nicht häufig. Kaum hatte ich zwei Schritte getan, wendete das Vehikel hinter mir bereits und ruckelte den ausgeschlagenen Weg hinab.

Der Pfad führte einen oder zwei Kilometer durch den Wald. Es war düster, die Luft klamm und kalt. Der Wind strich mit Rasierklingen über meine Wangen. Während ich den Koffer zwischen den Stämmen dahinschleppte, sann ich darüber nach, ob ich mich vor wilden Tieren in Acht nehmen musste. Wölfe und Bären sind selten geworden, doch schien diese raue und abgelegene Gegend gutes Terrain für große Räuber zu sein. Ich kam allerdings rasch zu dem Schluss, dass mir keine Gefahr drohte, denn allem Anschein nach gab es in meiner Nähe überhaupt keine Tiere. Der Wald war vollkommen still, wenn man von den im böigen Wind raschelnden Nadeln absah. Kein Vogel zwitscherte, kein Insekt summte. Ich fragte mich, woran das liegen mochte. Es war kalt, doch hatte der Winter selbst hier oben noch nicht Einzug gehalten. Etwas anderes musste die Gegend entvölkert und zum Verstummen gebracht haben.

Je intensiver ich lauschte und mich konzentrierte, desto mehr glaubte ich, doch etwas auszumachen: ein nahezu unmerkliches Brummen. Eine Schwingung in einer Frequenz, die das Ohr eines alten Mannes nicht erfassen könnte. Etwas schien in der Luft zu liegen, ein unfassbares und unangenehmes Ding, eine Präsenz, die sich über das Land breitete und alles in erstickendes Schweigen hüllte ...

Und dann war mir, als würde die Schwingung in einer bestimmten Richtung stärker werden, so als stünde dort die Quelle des Brummens. Ein Sender oder etwas Ähnliches. Mein Blick heftete sich auf die Bergspitze, die über den Bäumen vor mir aufragte.

»Unsinn!«, schalt ich mich und blinzelte energisch. Ich habe oft genug miterlebt, wie mein Verstand mir Traumbilder vorgaukelte. Man hat mir immer wieder erklärt, was real ist und was nicht. Wenn die Worte der Ärzte nicht ausreichten, griff man zur Übermittlung der Botschaft auf Medikamente und Elektroschocks zurück. Ich habe gelernt, zwischen der Wirklichkeit und meinen Fantasien zu unterscheiden. Und ich hatte mir geschworen, nicht noch einmal von Letzteren irregeleitet zu werden!

Also zwang ich mich, die fremdartige Schwingung zu ignorieren. Gewiss gab es ganz natürliche Erklärungen dafür. Wenn ich in wenigen Stunden meine Medikamente nahm, wäre alles wieder in Ordnung.

Insgeheim wunderte ich mich aber, denn diese Ausgeburt meines kranken Verstands hätten nach ihrer Entlarvung eigentlich verschwinden müssen. So hatte man es mir beigebracht. Doch hier, in den Bergen, in der feuchten Kälte, blieb alles bestehen.

Schließlich erreichte ich die Siedlung. Nie bot sich mir ein bedrückenderer Anblick. Das Dorf sank gegen den Gipfel eines Berges (von denen es in Neuengland jede Menge gibt, also bitte: Mach dir keine Mühe, Magdalene). Es schien sich ängstlich in seine Ecke zu kauern, um den Nebeln, die es bedrängten, möglichst wenig Angriffsfläche zu bieten. Mir war, als würde die Feuchtigkeit den Großteil des Sonnenlichts verschlucken. Stete Düsternis hielt die schiefen Hütten umklammert und legte sich bleiern auf mein Gemüt. Wie ich inzwischen weiß, wird es in den schlammigen Gassen niemals wirklich hell, selbst an Tagen, an denen sich die Schleier lichten.

Die Bezeichnung »Dorf« war beinahe zu hoch gegriffen. Vielleicht ein Dutzend Gebäude stand gegen die Flanke des Berges gewürfelt, und kaum eines von ihnen war bewohnbar. Die meisten Fenster waren vernagelt, der Großteil der Dächer zumindest teilweise abgedeckt, viele der Mauern rissig oder eingestürzt. Moose und Flechten überzogen alles mit feuchtem Filz. Die Straße, die sich durch das Bild des Verfalls wand, war unbefestigt. Lehmiger Boden schmatzte unter meinen Schuhen, als ich diesen Bretterfriedhof betrat.

Keine Menschenseele war zu sehen. Fußspuren vermisste ich ebenso wie aus Schornsteinen aufsteigende Rauchfahnen. Alles wirkte verlassen. Befand ich mich in einer Geisterstadt?

Aber halt, da war etwas. Ein Geräusch. Es kam von vorn, wo der Weg eine scharfe Biegung beschrieb. An dieser Ecke stand ein Haus, das nicht ganz so heruntergekommen wirkte wie die anderen.

Als ich schließlich begriff, was ich da hörte, umfasste ich den Griff meines Koffers fester. Ein Knurren. Tief, grollend und feindselig.

Ich zögerte. Lebten hier doch Raubtiere?

Natürlich hätte ich umkehren können. Aber die Erforschung des Heims meiner vermeintlichen Eltern erforderte, dass ich weiterging. Bislang hatte keine der verfallenden Ruinen die richtige Hausnummer getragen. Und wenn ich mein Erbe haben wollte, musste ich mich gleichfalls weiter vorwagen – schließlich kann man aus der Ferne kein Gebäude in Schutt und Asche legen, zumindest nicht mit Mitteln, die mir zugänglich sind.

Also setzte ich tapfer einen Fuß vor den anderen. Zwei Schritte, dann fünf. Zehn.

Das Knurren erstarb.

Ich lächelte. Die Siedlung war doch nicht gänzlich verlassen. Dort vorne lebte sicherlich jemand, und diese Person besaß einen Hund, der eben sein Revier abgesteckt hatte. Die ungewohnte Umgebung musste sich nachteilig auf meine Psyche auswirken, wenn mich so etwas dermaßen aus der Fassung ...

Plötzlich kam er um die Ecke geschossen. Seine Zunge wehte bei jedem Satz neben ihm her wie eine Standarte. Das Maul war weit aufgerissen, die Zähne darin gebleckt. Oh ja, es war ein Hund. Ein Exemplar von der Größe eines Kalbs. Er hatte kurzes, in verschiedenen Brauntönen geschecktes Fell, einen schlanken, muskulösen Körper und bösartige, rote Augen. Und er kam direkt auf mich zu.

Im letzten Moment riss ich den Koffer empor. Ich hielt ihn zwischen mich und das tierische Projektil, das sich auf mich zu bohrte. Der Aufprall trieb mir die Luft aus den Lungen und warf mich auf den Rücken. Kalter Schlamm drang mir in die Kleidung. Ehe ich Atem schöpfen konnte, war das Tier schon wieder heran. Speichelflocken troffen von seinen Lefzen, als es nach meinem Gesicht schnappte. Reflexartig hob ich den linken Arm. Spitze Zähne wurden von kräftigen Kiefern in mein Fleisch getrieben. Ich brüllte vor Schmerzen, wand mich und verteilte blindlings Faustschläge. Doch der Hund hielt meinen Unterarm fest umklammert und riss mit solch gewaltiger Kraft daran, dass er meinen Körper durch den Morast schleifte. Mir stieg der Geruch des Tiers in die Nase: animalisch, moschusartig, vermischt mit dem Gestank von verwesendem Fleisch, der seinem Rachen entströmte.

Mir schwanden die Sinne. Die Düsternis nahm zu, während meine Wahrnehmungen in gleichem Maße reduziert wurden. Wie von fern hörte ich eine Stimme krächzen: »Boxer! Was tust'n da, um Himmels will'n?«

Mein Hinterkopf prallte immer wieder auf den Boden. Wäre der Weg trocken und fest gewesen, ich hätte schon längst das Bewusstsein verloren gehabt.

»Boxer! Aus! Hörst'n nich, du dummes Vieh? Lass den Mann los, verdammt!«

Die Erfahrung rettete mich. Wer lange Jahre in Nervenheilanstalten verbracht hat, musste zwangsläufig einige Kämpfe mit unberechenbaren und gefährlichen Gegnern überstehen. Ein Mann kann jegliche Menschlichkeit verlieren und mit bestialischer Gewalt toben, wenn der Wahnsinn ihn packt. Diese Begegnungen haben einen effektiven, sich unorthodoxer Methoden bedienenden Kämpfer aus mir gemacht. Man erfreut sich nicht lange guter Gesundheit, wenn man versucht, einem Irren im fairen Kampf gegenüberzutreten.

Meine Rechte tastete sich am Bauch des Untiers entlang. Es zerrte noch immer an meinem Arm, höllische Schmerzen tobten darin. Ich spürte, wie die Wunden weiter aufrissen und erschreckende Mengen an Blut erbrachen. Und dennoch schob ich die Hand tiefer, bis ich schließlich zu fassen bekam, wonach ich gesucht hatte. Zu meinem Glück handelte es sich bei dem monströsen Hund um ein männliches Exemplar. Rasch drückte ich zu, so fest ich konnte.

Augenblicklich verwandelte sich das Grollen über mir in schrilles Wimmern. Die Zähne lösten sich aus dem Arm, der Druck wurde von mir genommen. Humpelnd und mit eingezogenem Schwanz stahl sich das Tier davon.

Ich wollte mich aufrichten, doch der Schwindel war zu stark. Kraftlos sank ich zurück in den Morast.

Wieder erklang die Stimme, näher diesmal: »Um Himmels will'n, geht's Ihn'n gut? Wir müss'n Ihr'n Arm verbinden. Lass'n Se sich aufhelfen, junger Mann! Er is' sonst'n ganz friedlicher, mein Boxer. So is' er eigentlich nur zu ...«

Ein weibliches, wettergegerbtes Gesicht schob sich über mich. Die grauen Haare waren mit Nadeln zu einem Knoten hochgesteckt, die Nase knollenartig, die Augen gelb, durchzogen von einem Netzwerk roter Äderchen und gesäumt von dunklen Ringen. Als ich nun gemustert wurde, weiteten sie sich entsetzt.

»Sie ... Sie sind einer von denen! Sie sind'n Coldlowe!«

Es klang wie eine Anschuldigung.

»Bei Gott, Sie sind'n Coldlowe. Und ich hatt' gedacht, 's wär vorbei ...«

Mein Arm schmerzte noch immer, als würde er in Flammen stehen. Ich stöhnte. Das brachte die Alte scheinbar wieder zu sich. Sie schüttelte energisch den Kopf, beugte sich ganz zu mir herab und legte mir den Arm um die Schultern, um mir aufzuhelfen.

»Egal wer Sie sind, komm'n Se ers' mal mit! Mein Hund hat Sie verletzt, und ich muss jetzt zuseh'n, dass ich Sie verarztet bekomm'.«

***

Eine halbe Stunde später waren meine Wunden ausgewaschen, mit einer dubiosen Kräutersalbe bestrichen und verbunden.

Mein Kreislauf hatte sich stabilisiert, doch bestand die Alte darauf, dass ich noch für einige Minuten auf ihrer Bank liegenblieb.

Das Haus war einfach, die Möbel spärlich und altmodisch. Um mich aufzuwärmen, prasselten einige Holzscheite im Kamin.

Meine Gastgeberin redete auf mich ein, während sie emsig umherhuschte: »Glück ham Se gehabt. Wie's aussieht, brauchen wir Nadel und Faden nich'. Sei'n Sie froh, dass Sie so nen dicken Mantel anhatten. Ich wasch' Ihre Sachen, das mach' ich. Und wenn alles wieder trocken ist, näh' ich die kaputten Stellen. Rühr'n Se sich nich', dann mach' ich Ihnen gleich noch ne Suppe. Sie müss'n ja ganz durchgefroren sein.«

Die Aussicht auf ein warmes Mahl erleichterte mir das Stillhalten erheblich. Ich besah mir die Frau genauer. Sie schien alt zu sein, allerdings war etwas an der Art ihrer Gebeugtheit, das nicht von den Lebensjahren herrührte. Eine Last schien ihr auf der Seele zu liegen. Selbst langjährige und harte körperliche Arbeit kann nicht solch tiefe Sorgenfalten reißen.

»Wie ... wie heißen Sie, gute Frau?«

»Pickman. Das is' mein Name, Mister.«

»Mrs. Pickman?«

»Jawohl, Gott is' mein Zeuge!«

Ich war erfreut, glaubte ich nun doch, dass sich noch mindestens ein dritter Mensch in dem Dorf aufhielt.

»Wo ist Mr. Pickman?«

Die krumme Gestalt versteifte sich. Die Hände, die eben noch eifrig mit dem Waschzuber beschäftigt gewesen waren, stellten die Arbeit ein.

»Er … er is' fort«, murmelte sie schließlich. »Gestorben.«

»Das tut mir leid«, versuchte ich meinen Fehltritt zu korrigieren. »Ich … es …«

Sie warf mir einen seltsamen Blick zu, irgendwie lauernd und abschätzend. »Wenn's Ihnen wirklich leid tut, warum sind Se dann hier?«

»Wie meinen Sie das?«

Nun stand sie auf, streifte die nassen Hände an der Schürze ab und kam zu mir herüber. Sie sah mir in die Augen, als sie fragte: »Woll'n Sie mir erzähl'n, Sie wüssten nich', was meinen Butch geholt hat? Sie und Ihre Sippe wiss'n darüber doch mehr als jeder and're.«

»Ich … nein, ich weiß nichts. Wovon sprechen Sie, Mrs. Pickman?«

Sie stemmte die arthritischen Hände in die Hüften. »Am Besten erzähl'n Sie jetzt erst mal mir, was Se hier woll'n. Dann überleg' ich mir, was ich Ihnen alles sagen werd'.«

Also berichtete ich ihr von dem Testament und dem Schreiben, von meiner Absicht, das Haus zu durchsuchen, um es anschließend zu verbrennen und von den Zweifeln bezüglich meiner Abstammung. Sie lauschte beinahe andächtig und versicherte mir schließlich: »Glauben Se's ruhig, junger Mann. Sie sind Ihr's Vaters Sohn, das seh' ich sofort. Und wenn Sie wirklich die Wahrheit gesagt ham, helf' ich Ihnen gern.«

Ich war mehr als verblüfft. »Sie haben nichts dagegen, dass ich das Haus verbrenne?«

»Nein, nich' mal'n Stück. Aber ich find's nich' gut, dass Sie sich noch umsehen woll'n. Was Ihre Eltern hier gemacht ham, is nich' gut, junger Mann. Zerstör'n Sie alles und verschwind'n Se wieder.«

»Tut mir leid, das kann ich nicht. Würden Sie einfach die Gelegenheit verstreichen lassen, etwas über Ihre Familie zu erfahren? Eine Familie, die Sie nie kennenlernen durften?«

Sie seufzte. »Sie ham wohl Recht. Aber trotzdem sollt' das, was Ihre Leut' hier über die Jahre getrieb'n ham, besser vergessen sein.«

»Darf ich fragen, warum Sie das Haus nicht längst selbst zerstört haben? Es scheint mir, als könne Ihnen seine Vernichtung gar nicht früh genug kommen.«

Sie blickte betreten zu Boden und rang die Hände. »'s ist nich' so einfach, junger Mann. Seh'n Se, ich ... ich darf nichts unternehm'n gegen die Dinge, die Ihre Familie gemacht hat. 's würd mich sonst strafen, mich hol'n ...« Ihre Stimme wurde zu einem unverständlichen Murmeln.

»Sie holen? Wovon sprechen Sie?«

Plötzlich gab sich die Alte einen Ruck. Sie setzte ein gezwungenes Lächeln auf. »Ach, hör'n Se nich' auf mich, junger Mann. Dummes Bauerngewäsch von ner alten Schachtel, nichts weiter. Durchsuchen Se Ihr Haus. Ich geb' Ihn'n gern 'n paar Lebensmittel, damit Sie ersma über die Runden komm'n. Und wenn Sie soweit sind, geb'n Se mir Bescheid und wir leg'n das prächtigste Feuerchen, das dies' Dorf je geseh'n hat!«

- Ein Heim und eine Entdeckung -

Kurz darauf geleitete mich Mrs. Pickman zum Haus meiner Eltern – ja, meiner Eltern. Ich muss zugeben, dass sich die Zweifel beinahe verflüchtigt hatten. Wenn sogar diese hinterwäldlerische Bauersfrau mich erkannte … es musste schon mit dem Teufel zugehen, sollte ich kein Coldlowe sein.

Das letzte Licht schwand, als ich zum zweiten Mal an diesem Tag über den schlammigen Pfad stapfte. Ich trug eine Decke um die Schultern, die einstweilen meinen Mantel ersetzen sollte. Die Kälte, die aufgrund der nahenden Finsternis in mir aufstieg, war jedoch nicht durch ein Kleidungsstück zu bezähmen.

»Außer mir lebt hier sons' keiner mehr«, krächzte die Alte. »Se sind alle fort, und wahrscheinlich isses auch besser so.«

Die Sonne war längst hinter dem Berg verschwunden, das Zwielicht besaß eine nahezu greifbare Präsenz. Ein eisiger Wind pfiff mir um die Ohren. Er roch nach nahendem Winter, entmutigend und hoffnungslos.

Ich nickte. »Mit diesem Ort scheint etwas nicht … es ist, als wäre er …«

Mrs. Pickman gurrte energisch, ein Geräusch, das wohl Zustimmung signalisieren sollte. »Als wär's was Böses, nicht? Verderbt. Sehn'n Se nur zu, dass Sie bald wieder verschwinden. 's gibt schönere Flecken auf der Welt.«

»Weshalb sind Sie noch hier?«

Sie lachte schnarrend. »Wo sollt' ein altes Ding wie ich schon hin?«

Während sie vor mir herging, murmelte die Alte weiter. Sie redete so leise, dass sie glauben musste, ich würde sie nicht mehr hören. Vielleicht war sie sich auch nicht bewusst, die Worte tatsächlich auszusprechen. »Außerdem gilt's, Aufgaben zu erfüll'n. Verträge sind's, alte Bande. Unheil, das droht, wenn ich nicht bleib'...«

Mehr verstand ich nicht. Aber das Gehörte reichte aus, mich noch stärker frösteln zu lassen.

Seit ich mich im Freien befand, vernahm ich auch wieder die rätselhafte Schwingung. Sie brummte unablässig und lenkte meine Aufmerksamkeit wie magisch in Richtung des Gipfels.

»Was ist das eigentlich für ein Geräusch?«

Mrs. Pickman zögerte eine Spur zu lange. »Was meinen Se denn?«, fragte sie schließlich.

»Dieses Surren. Es kommt von dort oben.«

Ich deutete den Hang hinauf. Die Alte sah kurz hin, riss den Blick dann aber förmlich von der Bergspitze. Sie bekreuzigte sich mit einer schnellen Bewegung und murmelte etwas Unverständliches. Eine knotige Hand ergriff meinen unverletzten Arm und zog mich weiter den Weg entlang.

»Ach, hier lieg'n allerlei seltsam Ding' in der Luft. Der Wind pfeift um die Gipfel und hört sich bös' an. Machen Se sich keine Gedanken, junger Herr.«

Sie war keine sonderlich talentierte Lügnerin, doch ich beschloss, das Thema vorerst ruhen zu lassen. Stattdessen widmete ich meine Aufmerksamkeit Mrs. Pickmans Hund, der hinter einer Häuserruine hervortrabte und sich uns anschloss. Er machte keine Anstalten, mich erneut anzufallen, fletschte jedoch drohend die Zähne.

»'s ist wegen Ihrer Abstammung«, krähte Mrs. Pickman. »Er riecht Coldlowe'sches Blut auf nen Kilometer gegen 'n Wind, mein Boxer. Konnt' Sie und Ihresgleich'n noch nie leiden.«

»Was hat er gegen uns?«

Ein tiefes Knurren antwortete mir. Scheinbar reichte schon meine Stimme aus, um das Vieh zu erzürnen.

»Boxer, aus!«, zischte Mrs. Pickman und hob drohend eine Hand. Das Knurren verstummte. »Ich glaub', er weiß irg'ndwie, dass die Coldlowes das Unheil übers Dorf gebracht ham. Wollten zwar alle nix Böses, doch isses durch sie erst wirklich schlimm hier geword'n.«

Ich blieb stehen. »Mrs. Pickman, wovon zum Teufel reden Sie? Was haben meine Eltern hier angestellt?«

»'s waren nich' nur Ihre Eltern. Ihre Ahnen ham seit vielen Generationen hier gelebt, zumindest immer für'n paar Monate im Jahr.«

»Und was haben sie getan?«

Sie schien kurz zu überlegen. Dann winkte sie ab. »Ach, das is' nun vorbei. Belasten Se sich nich' damit, tun Se, weswegen Sie hier sind und lassen Se die Vergangenheit ruh'n. Dies Dorf wird schon bald vergessen sein und dann is' die Sache erledigt.«

Sie stapfte weiter. Ich rief: »Aber ... Mrs. Pickman! Ich bestehe darauf, dass Sie ...«

»Keine Antworten mehr«, schnarrte sie. »Spät ist's geworden. Beeilen Sie sich, damit's nich' unterwegs dunkel wird.«

Erst jetzt wurde mir bewusst, dass in dem gottverlassenen Dorf keinerlei Strommasten standen. Elektrizität gab es nicht, was bedeutete, dass nach Einbruch der Nacht alles in undurchdringliches Dunkel gehüllt sein würde.

Wir passierten eine trostlose Weide. Ausgemergelte Rinder zupften die wenigen grünen Halme aus der graubraunen Vegetation.

»Meine Tiere sind's«, verkündete Mrs. Pickman stolz. »'s ist nich' viel, aber 's reicht für ein bisschen Milch und nen ordentlichen Braten an den Feiertagen.«

Das Areal war dilettantisch eingezäunt. Einer gesunden Kuh wäre es ein Leichtes gewesen, die morsche Barriere zu durchbrechen. Doch diesen Tieren schien jeglicher Freiheitsdrang abhanden gekommen zu sein. Sie wirkten mehr tot als lebendig, während sie unendlich langsam wiederkäuten.

Nachdem wir auch den Stall der Rinder hinter uns gelassen hatten, ragte es endlich vor uns auf. Es war weit weniger heruntergekommen als die übrigen Gebäude an der Bergflanke, hätte inmitten einer modernen und florierenden Stadt aber trotzdem wie eine Ruine gewirkt. Der weiße Anstrich war großflächig abgeblättert, einige der Regenrinnen hingen schief herab, mehrere Fensterscheiben mussten zu Bruch gegangen sein, denn sie waren durch Planen verhängt.

Trotz allem erfasste mich ein warmes, angenehmes Gefühl. Ob es an der Entdeckung eines beinahe einladenden Ortes inmitten der deprimierenden Umgebung lag oder daran, dass sich tief in meinem Innern eine Erinnerung regte, vermochte ich nicht zu sagen. Jedenfalls ging mir beim Anblick meines Zuhauses sofort das Herz auf.

»Boxer, du bleibst draußen!«, kommandierte Mrs. Pickman und sperrte die Tür auf.

Es war kein großes Gebäude. Zwei Stockwerke mit jeweils zwei Räumen, Küche und Wohnbereich unten, Schlaf- und Badezimmer oben. Altmodische Öllampen hingen an Haken in den Wänden und vertrieben schon bald die schlimmsten Schatten.

Mrs. Pickman kannte sich bestens aus. »Hab mich hier um alles gekümmert, seit Ihr Vater nich' mehr ist.« Sie zeigte mir, wo die Schlüssel hingen, an welchen Orten Töpfe, Teller, Tassen und sonstige Utensilien zu finden waren und entfachte ein Feuer in dem Kamin im Wohnzimmer. Ein beruhigend großer Holzvorrat lagerte unter einem Vordach neben dem Haus, sodass ich mich vor der kalten Jahreszeit nicht zu fürchten brauchte. Einer der Küchenschränke enthielt Konserven, die von Mrs. Pickman noch durch frisches Gemüse, einige Eier und etwas Fleisch aus ihrer privaten Speisekammer ergänzt wurden. Als sie mich umsorgt wusste, verabschiedete sie sich – allerdings nicht, ohne mir für den kommenden Tag ihren Besuch anzukündigen. »Dann können Se mir erzähl'n, ob Sie schon soweit sind – Se wissen schon.«

Zahlreiche Falten verschoben sich, als sie mir von der Tür aus zuzwinkerte, dann war sie fort.

Obwohl es recht spät war und ich einen langen und mehr als anstrengenden Tag hinter mir hatte, erfasste mich Tatendrang. Ich wirbelte durch die Zimmer, zog Planen von den Möbeln, untersuchte Schränke und Bücherregale und studierte die wenigen Bilder an den Wänden. Letztere waren insofern interessant, als sie sämtlich einen meiner Ahnen zeigten. Die Gesichtszüge der Coldlowes waren unverkennbar. Bei den ältesten der Bilder handelte es sich um Ölgemälde, an denen der Zahn der Zeit sichtlich genagt hatte, neuere Abbildungen waren Fotografien. Eine davon wagte es, nicht nur einen männlichen Coldlowe abzubilden, sondern auch dessen Partnerin. Es handelte sich um ein Paar, das mir von einer anderen Aufnahme noch gut im Gedächtnis haftete. Sie lächelten mich glücklich an. Hinter ihnen verlieh die tiefstehende Sonne einem mit Wurzeln überwucherten, südamerikanischen Tempel ein überirdisches Glühen. Neben der Frau steckte ein Spaten im Boden, mit dem sie wohl den Tonkrug ausgegraben hatte, den sie stolz auf dem Arm trug. Wie es schien, waren Vater und Mutter Abenteurer und Altertumsforscher gewesen – ob nun beruflich oder als Hobby, vermochte ich freilich nicht zu sagen. Ich spürte meine Augenwinkel feucht werden und strich wehmütig mit dem Finger über die beiden Gesichter. »Warum durfte ich nicht dabei sein?«, hauchte ich und wandte mich ab.

Ich rief mir ins Gedächtnis, dass ich nach Geheimnissen Ausschau halten wollte. Also suchte ich nach ungewöhnlichen Dingen - seltsame Gegenstände, Aufzeichnungen, Bücher ... irgendetwas, das mir Aufschluss darüber geben konnte, was meine Familie über viele Generationen hinweg beschäftigt und ins Unglück gestürzt hatte.

Schon bald musste ich mir eingestehen, dass das Haus in dieser Hinsicht nichts Brauchbares liefern würde. Ich spähte unter sämtliche Möbelstücke, nahm die Bilder von den Wänden und rollte die Teppiche zusammen, um vielleicht ein Versteck zu finden. Das Gebäude war wie gesagt nicht groß und bot daher nur wenige Möglichkeiten, um brisantes Material zu verbergen. Selbst die kleine Bibliothek im Wohnzimmer enthielt nichts als einige Standardwerke und Groschenromane. Nach vielleicht einer Stunde gab ich es auf.

»Dieses Haus ist so harmlos wie ein Kätzchen«, murmelte ich frustriert. »Weshalb zum Teufel wollte Vater, dass ich es verbrenne?«

In einem der Vorratsschränke hatte ich eine Flasche Sherry gesehen. Ich entkorkte sie, goss mir reichlich ein, ließ mich in einen der Sessel im Wohnbereich fallen und spülte meine Medikamente hinunter. Als das Glas leer war, schleppte ich mich auf bleiernen Beinen zu dem Doppelbett im oberen Stockwerk, kroch hinein und schlief fast augenblicklich ein.

***

Es musste zu viel Sherry gewesen sein, denn meine Träume waren wirr und verstörend. Ich flog durch schwarze Schemen, inmitten derer sich weiß der Berg und das Dorf abzeichneten. Ein Leuchtfeuer wies mir den Weg um den Fels herum und leitete mich auf sanften Luftströmen zu einem Ding, das jenseits des Gipfels lag. Es waberte und verformte sich beständig, pumpte wie ein Herz und glühte wie ein Stück Kohle in der Esse. Ich konnte nicht erkennen, was es war, doch es sang zu mir, lockte mich, lud mich ein, umwarb mich ... ich fühlte mich an die Sage von Odysseus erinnert und wünschte, ich könne mir wie er Wachs in die Ohren stopfen, um den Verlockungen der Sirenen zu entkommen. Ich nahm all meine Kraft zusammen, wandte mich ab und floh, flog wieder zurück zu dem weißen Dorf in der Schwärze ...

Doch stattdessen fand ich mich an ein Bett gefesselt wieder, in einer Zelle mit gepolsterten Wänden. Einer Zelle, die ich in- und auswendig kannte, weil ich darin zahllose einsame Stunden verbracht hatte. Ich konnte die exakte Zahl der Flecken an der Decke benennen, wusste, wie viele Schritte der Raum längs und quer durchmaß und erinnerte mich nur zu gut an die Art, wie die Polsterungen den Schall dämpften. Ich war zurück in der Anstalt und das Entsetzen packte mich. Meine Finger krallten sich in die Matratze, mehrere Nägel rissen ab. Ich warf den Kopf in den Nacken und brüllte, brüllte ...

***

Schreiend und schweißgebadet schrak ich hoch und sah nichts als Schwärze. Es musste mitten in der Nacht sein. Orientierungslos tastete ich um mich und fand endlich die Schachtel mit den Zündhölzern. Zitternd riss ich eines an und entdeckte in seinem flackernden Licht die Öllampe. Es dauerte einige Sekunden, bis ich mich hinreichend orientiert hatte. Ich wischte mir den Schweiß von der Stirn, atmete langsam und tief durch … und wusste plötzlich des Rätsels Lösung.

»Die Abmessungen«, murmelte ich.

Ich sprang aus dem Bett, nahm die Lampe mit und begann, systematisch die Räume abzugehen, wobei ich meine Schritte zählte. Ich addierte jeden Fuß, den ich vor den anderen setzte. Als ich oben fertig war, begab ich mich ins Erdgeschoss und wiederholte den Vorgang. Und tatsächlich: im Wohnbereich, an einer Wand ohne Fenster, kam ich zweieinhalb Schritte zu früh zum Stehen. Nun war es nur noch eine Frage der Zeit, bis ich den geschickt zwischen Brettern verborgenen Spalt entdeckt hatte. Ich tastete mich daran entlang, meine Finger fanden eine Vertiefung, fassten hinein und zogen. Ein hölzernes Klicken antwortete. Die Wand schwang mir in den Angeln entgegen. Ich streckte den Arm mit der Lampe aus und beleuchtete das Geheimnis des Hauses, während ich triumphierend ausrief: »Die Coldlowe'sche Hartnäckigkeit hat gesiegt!«

- Ein Versteck und ein Drang -

Der kleine Raum war gerade breit genug für einen Schreibtisch, einen Schrank sowie mehrere überquellende Regale, mit denen die Wände geradezu gespickt waren. Sie wurden von Büchern in allen Größen, Farben und Verfallsstadien dermaßen ausgefüllt, dass zwischen ihnen lediglich ein schmaler Korridor verblieb, in dem sich ein erwachsener Mann allenfalls seitlich gehend fortbewegen konnte. Im warmen Schein der Lampe besah ich mir die Rücken der Bücher und stellte fest, dass ich es größtenteils mit geschichtlichen, archäologischen und geologischen Werken zu tun hatte. Einige von ihnen befassten sich allerdings auch mit technischen Dingen wie Hydraulik und Bohrtechnik, wieder andere handelten von Mechanik, Astronomie oder gar Theologie. Wie es schien, waren meine Eltern so etwas wie Universalgelehrte gewesen. Es wollte mir beim besten Willen nicht gelingen, einen Zusammenhang zwischen all den unterschiedlichen Studiengebieten herzustellen.

Ich schob mich zum Schrank vor, wobei mir der Geruch des Papiers in die Nase stieg. Muffig zwar, aber auch betörend und voller Verheißung. Ich griff nach den Knäufen und zog die Doppeltür auf. Neben mehreren Spinnen inklusive Netzen begrüßten mich allerlei rätselhafte Dinge. Da waren ein Bergbauhelm samt Grubenlampe, mehrere Paar Stiefel, verschiedene Schaufeln, Spaten und Spitzhacken, Mäntel, Regenjacken, eine Kamera nebst dreibeinigem Stativ, zahlreiche Fotoplatten, Hammer und Meißel, eine nicht unerhebliche Menge Bargeld sowie ein Jagdmesser, eine Flinte und mehrere Schachteln voll Munition. Es wirkte wie der Ankleideraum eines Archäologen, der sich anschickte, in ein Kriegsgebiet zu reisen.

Ich verschloss den Schrank wieder und begab mich zum Schreibtisch, der zwischen den Büchern klemmte wie ein Essensrest in den Zähnen eines Riesen. Mit Mühe zwängte ich mich auf den Stuhl. Ein klaustrophobisches Gefühl beschlich mich, wurde mein Kopf nun doch beiderseits von gebundenem Papier bedrängt. Ich stellte die Lampe ab und sah mich prüfend um. Direkt vor mir lag ein Foliant, daneben stand ein Tintenfass samt Füller. Ich schlug das ledergebundene Buch auf und hielt fasziniert den Atem an, als mir ein handschriftlicher Text entgegensprang. Obwohl ich kein Graphologe bin, erkannte ich das Schriftbild sofort. Was auch immer das Buch beinhaltete, es war von meinem Vater verfasst worden!

Allerdings vermochte ich dem Text ansonsten nicht viel zu entnehmen, denn er war in einer mir unbekannten Sprache geschrieben. Mit lateinischen Lettern zwar, aber dennoch völlig unverständlich für mich. Frustriert ließ ich die Seiten durch meine Finger gleiten und legte das Buch zunächst wieder zur Seite.

Ich öffnete die Schubladen des Schreibtischs und fand darin eine große Anzahl zusammengerollter, großformatiger Papiere. Einige der Rollen zog ich hervor, um die Schlaufen zu öffnen, mit denen sie zusammengehalten wurden. Ich starrte lange auf das, was sich mir darbot. Es schien sich größtenteils um Schaltpläne und architektonische Zeichnungen zu handeln, allerdings entzog sich mir der tiefere Sinn jener Blaupausen. Verworrene geometrische Formen waren ineinander verschachtelt und stapelten sich übereinander, schienen mittels gelenkiger Verbindungen in Kontakt zu stehen und irgendwie doch nicht zueinander zu gehören. Es gab auch Darstellungen, die bizarre Apparate und Maschinen zeigten, Gerätschaften, wie ich sie nie zuvor erblickt hatte. Andere Zeichnungen stellten Landkarten dar, auf denen mit Kreuzen bestimmte Punkte markiert waren. Die Höhenlinien deuteten an, dass sich das Gelände im Gebirge befand. Es sah alles sehr präzise aus und war zweifelsohne von einem leistungsfähigen Verstand unter Befolgung ganz bestimmter Gesetzmäßigkeiten zu Papier gebracht worden, nur leider war mir die Natur jener Gesetzmäßigkeiten völlig unklar.

Mir schwirrte der Kopf. Der Brief meines Vaters, das Erbe, Mrs. Pickmans Gerede, dieser geheime Raum, die Bücher, die Ausrüstung, die merkwürdigen Pläne ... welchen Sinn ergab das alles? Wie hingen die Ereignisse zusammen? Was hatten meine Ahnen getrieben? Und weshalb durfte ich nichts davon erfahren?

Mit einem Seufzen griff ich nochmals nach dem handgeschriebenen Buch. Diesmal öffnete ich es ganz vorne ... und ließ einen Freudenschrei hören, als ich erkannte, dass dieser Teil des Textes lesbar war. Selbstverständlich stürzte ich mich darauf wie ein hungernder Wolf auf ein blutiges Stück Fleisch. Wie es schien, handelte es sich um eine Art Chronik:

***

1732: Graf William von Coldlowe verlässt in einer Nacht-und-Nebel-Aktion seine Ländereien. Nimmt nur einen Teil der Reichtümer, seine Familie und eine Handvoll Bedienstete mit. Geschichtsbücher vermelden, er sei beim König in Ungnade gefallen, weil er »edles Geschmeide vor ihm verbarg«. Dunklere Quellen berichten von einem »Stein, wie es ihn noch nie gegeben hat«, den der Graf einem seiner Bauern abgenommen haben soll. »Und weil der Mann den Stein nicht hergeben wollt, erschlug ihn der Graf. Als die Kund an des Königs Ohr drang, besah sich jener das Juwel und ward davon sofort in Bann geschlagen.«
William wollte sich scheinbar nicht von dem Stein trennen, also floh er in die neue Welt. Claire hat noch einen Hinweis auf die Geschichte gefunden, und zwar in Abdul Alhazreds Buch. Der Araber schreibt: »Und es fiel ein Stein vom Himmel, der jedem, der ihn sah, wie das schönste Ding erschien, das jemals existiert hat. Und jenem Stein wohnte eine fürchterliche Macht inne.«

1735: William gelingt es, mithilfe einiger bezahlter Söldner die Nipmuck (ein in der Gegend heimischer Indianerstamm) aus der Bergregion zu vertreiben. Obwohl er nie ein guter Stratege war, zeigt er nun großes Geschick beim taktischen Planen. Quellen berichten, dass er generell sehr intelligent ist und über ein geradezu enzyklopädisches Wissen verfügt. Einige der strenggläubigen Christen halten ihn für einen Hexer. Seltsam, da in den englischen Büchern von William immer als »der Friedvolle« beziehungsweise »der Gemächliche« oder gar »der Langsame« die Rede ist. Entweder hat er dafür gesorgt, dass er in einem besseren Licht dasteht oder er hat sich fundamental verändert ... aber wie? Nipmuck haben seit jenen Jahren eine Legende, die von dem »weißen Mann mit der Feuerkrone« handelt. Ob das mit dem Stein zu tun hat, den William aus England herausschmuggelte?

1737: Williams Frau flieht mit ihren beiden Söhnen. Nicht viele Aufzeichnungen aus dieser Zeit vorhanden, allerdings steht im Tagebuch einer Zofe: »Die Frau Gräfin erzählt' mir von einem fürchterlichen Ding. Der Graf sei zu jenem Ding geworden und sie könne keinen Tag länger in seiner Gegenwart verbleiben. Ich sucht' sie zu beruhigen, doch mich deucht, ihr Geist ist unrettbar verwirrt.«
William fällt es immer schwerer, Personal zu finden. Claire hat Berichte entdeckt, die belegen, dass immer wieder Angestellte des Grafen verschwinden. Stein wird niemandem mehr gezeigt und auch William zieht sich mehr und mehr zurück. Fertigt verrückte Zeichnungen an, die aber auch voller Genialität sind. Leider kaum etwas davon erhalten. Wirken wie eine Mischung aus Kubismus und Expressionismus. Dörfler fürchten sich davor. Hexer-Gerüchte halten sich hartnäckig.

1742: Kaum noch Aufzeichnungen vorhanden. Menschen haben die Gegend entweder verlassen, arbeiten für William oder können nicht schreiben. Zeitungsartikel aus »Gazette« erwähnt großes Bauprojekt in den Bergen. William schafft es, die Bevölkerung des Dorfes an sich zu binden. Wie genau er das macht, ist nicht ersichtlich. Aber alle haben Angst vor ihm.

1749: Das »Ding« ist fertig. William geht hinein und wird nie wieder gesehen. Schreibt einen letzten Brief an seine Frau. Sie liest ihn, erleidet einen Schwächeanfall und stirbt. Weist Söhne auf dem Totenbett noch an, den Bergen um jeden Preis fernzubleiben. Dorfbewohner fortan sehr verschlossen und noch einsiedlerischer. Es kursieren Geschichten, die besagen, dass Wald und Berge verflucht sind.

1750: Ein hundert Mann starker Trupp der englischen Armee gelangt in die Berge. Was sie dort wollen, steht nirgends geschrieben. Für uns ist klar, dass sie den Stein suchen. König hat nie aufgehört, ihn zu begehren. Soldaten marschieren zu William, kehren aber nie zurück. Keine Erwähnung mehr in Büchern. Angehörige werden nie benachrichtigt. König versucht danach niemals wieder, William anzugreifen. Tagebuch der Königin vom 08.06.1750: »Mein Gatte erhielt Kund aus den Kolonien, und was ihm mitgeteilt ward, stürzt' ihn in tiefe Sorge. Niemals hab ich ihn so erblicket, mit Augen groß wie Seen und einer Haut von schlohweißer Farbe. Er war dazu angetan, einen jeden zu ängstigen.«

***

Ich war wie im Fieber, während ich las. Allein diese ersten Seiten enthielten eine solche Fülle sowohl eindeutiger als auch unterschwelliger Informationen rund um meine Familie und ein düsteres Geheimnis, in das sie verstrickt war, dass sich mir die Nackenhaare aufstellten.

Vater erwähnte mehrmals eine »Claire«. Ein wohlklingender Name, der mir zu der hübschen, so warmherzig lächelnden Frau auf dem Foto zu passen schien. Ich war mir sehr sicher, dass damit meine Mutter gemeint war. Nun kannte ich also die Namen beider Elternteile: Frederick und Claire.

Aber was hatte mein Urahn William getan? Niemals zuvor war etwas von den erwähnten Geschehnissen an mein Ohr gedrungen, noch nicht einmal andeutungsweise. Eine Angelegenheit, in die das englische Königshaus verwickelt war, in deren Verlauf ganze Regimenter verschwunden waren und die einen so tiefen Argwohn bei der ländlichen Bevölkerung hervorgerufen hatte, hätte zumindest in Form von Sagen und Mythen die Zeiten überdauern müssen. Doch mir war nichts dergleichen bekannt. Falls der Bericht meines Vaters also auf Tatsachen beruhte, war das Geheimnis Williams gut gehütet worden. Es musste meine Eltern viele Stunden gekostet haben, die Informationen zusammenzutragen.

Bei meinen Überlegungen muss mich erneut der Schlaf übermannt haben. Das nächste, woran ich mich erinnere, ist das Gefühl von Papier, das über meine Wange strich.

Ich fuhr auf, hörte einen erschrockenen Aufschrei und sah Mrs. Pickman hinter mir stehen. Die Alte hatte das Buch meines Vaters in den Händen. Ich musste nicht erst ihren schuldbewussten Gesichtsausdruck erblicken, um zu wissen, dass sie es unter meinem schlafenden Körper hervorgezogen hatte.

»Geben Sie es sofort wieder her«, herrschte ich sie an und entriss ihr den Folianten. »Sie wollten es mir wegnehmen! Haben diesen Raum wohl nie entdeckt, was?«

»Nein … nein«, jammerte Mrs. Pickman. »Es Ihnen bequemer machen, das wollt' ich. Für angenehm'n Schlummer sorgen und …«

Ich war wie von Sinnen. Eine unbändige Wut packte mich und es war fast, als wären die Dämonen erneut aus mir hervorgebrochen. »Unsinn! Sie wollten es stehlen und vernichten. Das Haus konnten Sie nicht abbrennen, aber an das Buch haben Sie sich herangetraut. Ich gebe es nicht her! Es gehörte meinem Vater und ist jetzt mein!«

Die Alte ging rückwärts aus dem geheimen Raum hinaus. »Aber so hör'n Se doch … ich wollt' doch nur …«

Der Stuhl schabte über die Bodendielen, als ich ihn vom Schreibtisch zurückschob. Die Lehne stieß bereits nach wenigen Zentimetern an die gegenüberliegende Wand und ließ mir kaum genügend Platz, um mich emporzustemmen.

»Raus!«, schrie ich. »Aus meinen Augen! Und wenn Sie noch einmal unangekündigt im Haus auftauchen, garantiere ich für nichts!«

»Junger Herr, beruhig'n Se sich doch! Ich wollt' helfen. Sie sollt'n die Dinge in dem Buch nicht wissen, es würd' Sie nur verderben!«

Nun war ich endgültig nicht mehr Herr meiner selbst. Meine Hand schoss vor, packte die Alte am Kragen und schob sie durch das Wohnzimmer zum Eingang. Ich riss die Tür auf, stieß Mrs. Pickman in das fahle Licht des Morgens und zischte ihr hinterher: »Verschwinden Sie, ehe ich mich vergesse!«

Sie taumelte, fiel aber nicht. Bevor ich die Tür ins Schloss werfen konnte, sah sie mich noch einmal an. Nacktes Entsetzen verzerrte ihre Miene, als sie murmelte: »Gott steh' uns bei, 's hat schon begonnen.«

- Eine Veränderung und eine Fahrt -

Den Rest jenes Morgens verbrachte ich über dem Buch brütend. Anfangs rieb ich mir die Stelle, an der mein Arm verbunden war, denn die Anstrengungen des Wutausbruchs hatten die Wunden wieder aufreißen lassen. Doch mit der Zeit vergaß ich alles um mich herum, selbst die Spuren, die Boxers Zähne in mir hinterlassen hatten. Aus dem Grab heraus spann mich mein Vater in einen dichten Kokon aus Andeutungen und Enthüllungen, aus Faszinierendem und Entsetzlichem ein.

Die Familienchronik wurde mit Williams Söhnen fortgesetzt. Einer der beiden – Richard – hörte auf seine Mutter und verließ die abgeschiedene Gegend. Er ließ sich in Providence nieder, eröffnete ein Lebensmittelgeschäft und gründete eine eigene Familie. Er zeugte drei Kinder – ein Sohn, zwei Töchter –, ehe ihn im Alter von 32 Jahren der Wahnsinn packte und er sich mit einem Strick um den Hals vom Dach seines Hauses stürzte. Noch während er in der Schleife baumelte, soll er gegurgelt haben: »Es singt zu mir. Es singt noch immer! Es lässt mich nicht gehen ...«

Williams zweiter Sohn Peter blieb in der Nähe der Berge. Er scharte eine Truppe Männer um sich, bewaffnete sie und zog aus, um seinen Vater zu töten. Weshalb er das tun wollte, fanden meine Eltern leider nie heraus. Nur eine Handvoll Kämpfer kehrte zurück. Peter entließ die Überlebenden aus seinen Diensten, entlohnte sie fürstlich und bat sie um Vergebung. »Sorget dafür, dass jener Flecken Erde vergessen wird. Er ist eines jeden Mannes Untergang«, soll er zu ihnen gesagt haben. Kurze Zeit später fiel er im Unabhängigkeitskrieg.

Richards Kinder wuchsen in Providence auf. Die beiden Töchter Laura und Lisa heirateten einflussreiche Geschäftsmänner, blieben jedoch kinderlos. Ihr Bruder Thomas hatte offenbar die Coldlowe'schen Tugenden vererbt bekommen, denn er war ein Abenteurer durch und durch. Er ging in den Westen, wo das Leben deutlich mehr Gefahren und Herausforderungen zu bieten hatte und vergrößerte sein Vermögen, indem er sich erfolgreich als Viehzüchter betätigte. Allerdings zog ihn ein merkwürdiger Drang immer wieder nach Osten, in Richtung der alten Heimat. Es sind Briefe von ihm erhalten, in denen er sich darüber beklagt, dass »die hässliche Gegend keine Ruh'« gibt. Seine Träume wurden zusehends verstörender und er litt unter Ohnmachtsanfällen. Meine Eltern glauben, dass Thomas den Wahnsinn frühzeitig nahen spürte. Er versuchte ihm zu entkommen, indem er sesshaft wurde. Doch die Heirat und selbst der Sohn, den ihm seine Frau schenkte, vermochten keine Linderung zu bringen. Der ostwärts gerichtete Sog, der ihn mit jedem Tag stärker quälte, blieb unerbittlich bestehen. Ein Schreiben seiner Ehefrau belegt, dass Thomas manchmal mit entrücktem Blick davonlief und erst viele Kilometer entfernt in völlig verwirrtem Zustand wieder aufgelesen werden konnte. Eines Tages verschwand er schließlich spurlos. Meine Eltern sind sich sicher, dass er zu den Bergen zurückkehrte und dort den Tod fand.

Thomas' Sohn - mein Großvater - Jeremy wurde in die Armee einberufen, als er dreißig Jahre alt war. Er kämpfte im amerikanischen Bürgerkrieg auf der Seite der Nordstaaten und kehrte im Verlauf der Schlachten unfreiwillig nach Neuengland zurück. Zwar überlebte er den Krieg, doch holte ihn währenddessen sein Schicksal ein: Jeremy fand heraus, dass seine Ahnen irgendwo in den Bergen gehaust hatten und stellte Nachforschungen an, um Genaueres darüber in Erfahrung zu bringen. In den Kriegswirren war es verhältnismäßig leicht, an Briefe und sonstige persönliche Aufzeichnungen zu kommen, schließlich konnten die Besitzer jener Schriftstücke in vielen Fällen nicht mehr protestieren.

Seiner hartnäckigen Suche sind etliche der Quellen zu verdanken, aus denen mein Vater in seinem Buch zitiert. Unweigerlich erfuhr Jeremy so von William und dem rätselhaften Stein. Er fand auch das »Ding«, das William hatte errichten lassen, war jedoch nicht so dumm, es betreten oder einnehmen zu wollen. Stattdessen forschte er nach Wegen, wie er ihm auf andere Art Herr werden konnte. Er entwickelte eine regelrechte Obsession für Sprengstoffe und führte zahlreiche gefährliche Experimente durch, die ihm schon bald einen üblen Ruf einbrachten. Er war weithin als verrückt verschrien, und wäre jene Zeit nicht einigermaßen aufgeklärt gewesen, hätte man ihn wohl wie seinen Vorfahren einen Hexer geschimpft. Jeremy war dermaßen besessen von seinem Vorhaben, dass es mir wie ein Wunder vorkam, von seiner Eheschließung im Jahr 1870 zu lesen. Immer wieder begab er sich in die Berge, um die Früchte seiner Arbeit zu testen, kehrte aber jedes Mal enttäuscht und frustriert zurück. Eines Tages geschah das Unvermeidliche: Jeremy starb bei der Erprobung eines revolutionären Explosivstoffes, mit dem er »das Scheusal bezwingen« wollte. Er hinterließ seine Frau Judith sowie die beiden Kinder Erica und Frederick.

Weibliche Coldlowes scheinen vom Schicksal nicht gerade begünstigt zu sein, denn auch Erica blieb kinderlos. Frederick hingegen zeugte einen Sohn, wie wir nur zu gut wissen. Und was aus jenem Sohn geworden ist, erfährst du soeben, Magdalene.

***

Als ich das Buch zuschlug, hatte die Sonne den Zenit längst überschritten. Zumindest vermutete ich das, denn der Raum besaß keine Fenster. Und selbst falls ich hätte hinausblicken können, wäre dort nur das deprimierende, nebelverhangene Zwielicht zu sehen gewesen.

Ich legte den Text weg, obwohl ich an einer Stelle angelangt war, die mich mehr als alles bisher Gelesene interessierte. Mir blieb keine Wahl, denn Vater wechselte bei ebenjener Passage in die mir unbekannte Sprache. Was immer er selbst zu der Geschichte beizutragen hatte, er wollte es nicht so einfach mit der Welt teilen.

Ich raufte mir die Haare. Es musste einen Weg geben, das unverständliche Kauderwelsch zu entschlüsseln! Mein Blick ging nach oben, wo die Bücher sich türmten. Möglicherweise enthielt ja einer der zahlreichen Bände des Rätsels Lösung. Mit etwas Glück mochte ich ein Exemplar finden, das sich mit obskuren Sprachen und Codes befasste.

Ich hätte mir denken können, dass Vater es mir nicht so leicht machen würde. Selbstverständlich fand sich nichts Brauchbares zwischen all den Buchdeckeln. Also schön, dann würde ich eben in die Stadt gehen und mich in den dortigen Bibliotheken umsehen! Was immer Frederick von Coldlowe niedergeschrieben hatte, ich musste es wissen! Es hatte mich gepackt wie ein Sturmwind, wirbelte mich herum, saugte mich auf und würde mich nicht wieder loslassen, bis ich alles erfahren hatte. Ich verspürte weder Hunger noch Erschöpfung, sondern war nur beseelt von dem Drang, noch mehr über mein düsteres Erbe herauszufinden.

Nachdem ich mich angekleidet und mir die Decke übergeworfen hatte, verließ ich mit großen Schritten das Haus. Meines Vaters Buch baumelte in einer Tasche über meiner Schulter – es erschien mir klug, es nicht unbeaufsichtigt zurückzulassen.

Die gewohnte Düsternis hielt das Dorf in ihren kalten Klauen, außerdem fiel ein steter, grauer Nieselregen. Aufgrund der vielen Stunden, die ich mit der Öllampe in dem geheimen Zimmer verbracht hatte, blendete mich sogar das schwächliche Licht. Und noch etwas brachte mich aus dem Tritt: Die

Schwingung. Sie war stärker geworden, volltönender und klarer. Ein beinahe elektrisches Geräusch, wie das Summen einer Stromleitung. Nur lockte einen das Geräusch elektrischen Stroms nicht. Diese Schwingung jedoch ... ich musste meinen Kopf danach ausrichten. Und ehe ich mich versah, hatten meine Füße sich wieder in Bewegung gesetzt. Ich verließ den Weg, ging über Feld und Stein, hinein in den Wald und direkt auf den Berggipfel zu.

Panik stieg in mir auf. War es meinem Urgroßvater Thomas so ergangen? War dies der Sog, der ihn immer wieder nach Osten hatte wandern lassen?

Ich wollte stehenbleiben, umkehren und fortlaufen ... wovor eigentlich? Was stand dort hinter dem Gipfel? Ein »Ding«, das William von Coldlowe hatte errichten lassen, das viele Menschen getötet haben sollte und das mein Großvater nicht hatte sprengen können? Was sollte das sein? Als gebildeter, moderner Mensch konnte man dergleichen kaum glauben. Ich war mir sicher, dass es für sämtliche Phänomene rund um den Berg und das Dorf natürliche Erklärungen gab. Und dennoch hatte ich Angst. Das Gefühl, von einer fremden Macht gelenkt zu werden, war absolut entsetzlich. Der Schweiß brach mir aus den Poren, so sehr bemühte ich mich, die Kontrolle über meinen Körper zurückzuerlangen. Und immer noch summte und brummte das merkwürdige Geräusch. Es schien sich langsam zu verändern, gewann Höhen und Tiefen, wurde beinahe melodisch und sickerte weiter und weiter in meinen

Verstand. Hatte nicht Richard noch im Sterben gekrächzt, dass er etwas »singen« hörte?

Sämtliche meiner Muskeln verkrampften sich. Ich bekam sie nicht dazu, meinen Befehlen zu gehorchen. Ein gurgelnder Laut erscholl. Nach kurzer Zeit wurde mir klar, dass er aus meiner Kehle drang. Das Summen wurde angenehmer, ja beinahe lieblich. Es begann, mir zu gefallen. Wie von fern hörte ich eine Stimme, verstand jedoch keines der besorgten Worte. Das Geräusch schneller Schritte war mir ebenso egal wie das Knacken von Ästen ganz in meiner Nähe. Ich lauschte der Musik, dem Gesang. Dem Lied, das mich zu meiner Bestimmung geleiten würde ...

Plötzlich spürte ich eine dumpfe Erschütterung. Weiße Blitze erstrahlten vor meinen Augen, ehe alles in Schwärze versank.

***

Mein Schädel brummte, als ich wieder zu mir kam. Aber es war ein begrüßenswertes Brummen, hervorgerufen durch eine Beule an meinem Hinterkopf. Die Schwingung war verstummt. Obwohl ich mich alles andere als gut fühlte, atmete ich erleichtert auf.

»Zum Glück ham Se den Dickschädel ihrer Familie. Ich dacht' schon, ich hätt' Ihnen mit meinem Knüppel das Hirn zu Mus geklopft.«

Mrs. Pickman. Ich lag wieder auf ihrer Bank. Holzscheite knallten im Kamin, während Flammen sie zerfraßen.

»Was … was haben Sie getan?«

»Sie gerettet, das hab ich.« Sie rümpfte die Nase. »Obwohl Sie's eigentlich nich' verdient hätt'n.«

Mit einem Mal schämte ich mich sehr. Das eigene Verhalten, noch an diesem Morgen an den Tag gelegt, war mir unerklärlich.

»Bitte vergeben Sie mir«, stammelte ich. »Was auch immer mich vorhin gepackt hielt, es ist fort.« Mir kam eine Idee. »Wären Sie vielleicht so freundlich, mir meine Medikamente zu bringen? Sie liegen …«

»Hab Ihnen das Zeug schon eingetrichtert. Und wegen heut' Morgen: Entschuldigung angenomm'n. Aber tun Se mir nen Gefallen und lassen Sie's jetzt gut sein. Dieser Ort hat all Ihre Vorfahr'n gekriegt und auch Sie hätt' er vorhin fast gehabt. Geh'n Se, solang' Sie noch können.«

Selbstverständlich hatte sie recht. Ob man den Berichten in der Chronik nun Glauben schenkte oder nicht, dieses Dorf hatte alles andere als einen positiven Einfluss auf mich. Vielleicht war meine Krankheit nicht gänzlich besiegt und die übermäßige Beschäftigung mit morbiden Dingen ließ sie erneut aufleben. Wie auch immer, es war klar, dass eine Verlängerung meines Aufenthalts allenfalls Schwierigkeiten mit sich bringen würde.

Und dennoch …

»Ich kann nicht«, hörte ich mich flüstern. Das Rätsel war nicht gelöst, der Schleier verblieb ungelüftet. Verdammte coldlowe'sche Hartnäckigkeit! Dass es mich bereits gepackt haben könnte, jenes Ding hinter dem Gipfel, daran dachte ich zu diesem Zeitpunkt nicht. Oder es ließ mich nicht daran denken.

Mrs. Pickman sah mich lange an. Sorgenfalten bildeten sich auf der ohnehin gefurchten Stirn. »So sei es denn«, seufzte sie. »'s ist wohl das Schicksal Ihrer Sippe.«

Als ich sie genauer musterte, kam mir die Frau mit einem Mal sehr müde vor. Nicht müde vom Alter – das war sie sicherlich auch –, sondern erschöpft. Die Augenringe waren dunkler und breiter geworden, der Blick glasig, die Haltung gebeugt und zittrig.

»Was haben Sie getan, während ich bewusstlos war?«

Eine Reihe von Emotionen huschte über ihr Gesicht. Ich fühlte mich sofort daran erinnert, wie sie mit dem Buch unterm Arm vor mir gestanden hatte.

»Ich ...? Ach, nichts Wicht'ges. Arbeit. Holz hacken, das Vieh versorgen ... es is' anstrengend, wenn man all's allein machen muss.«

Ich ahnte, dass sie mir nicht mehr verraten würde. Also fragte ich stattdessen: »Wie komme ich auf dem schnellsten Weg in die Stadt? Gibt es in der Nähe ein Telefon, damit ich den Bus rufen kann?«

Mrs. Pickman verblüffte mich, als sie überraschend lächelte. In der flüchtigen Geste war das hübsche Mädchen zu erahnen, das sie einst gewesen sein musste und das schon vor langer Zeit von den Bergen zermalmt worden war.

»Sie könnt'n mein Automobil nehmen, wenn Sie woll'n. 's steht im Stall.«

***

Eine halbe Stunde später saß ich entgegen Mrs. Pickmans schärfstem Protest in dem Wagen.

»Ich meinte nich' sofort! Sie müssen sich erst von dem Schlag erhol'n!«

»Ach, es wird schon gehen«, beschwichtigte ich sie.

Das Automobil war ein altes Modell, aus den Kindertagen jenes Fortbewegungsmittels. Man musste es mit einer Kurbel anlassen, die vorne in den Motor gesteckt wurde. Doch ungeachtet der auf seinem metallenen Skelett lastenden Jahre schien es prächtig zu funktionieren.

Das Zwielicht verblasste, als ich aus der Scheune heraustuckerte. Der Abend dämmerte, doch das hielt mich nicht auf. Ich konnte die nagenden Fragen nicht einfach auf morgen verschieben. Außerdem fürchtete ich mich vor den Träumen, die eine weitere Nacht in dem Dorf mit sich bringen könnte.

Als ich die Weide mit den Rindern passierte, war mir, als hätte sich die Anzahl der Tiere reduziert. Mrs. Pickman schielte ebenfalls zu den vier Kühen hinüber, ehe sie mir mit grimmiger Miene zum Abschied winkte. Ich verwarf den Gedanken an die Rinder aber bald wieder, da mir die Pläne für den nächsten Tag im Kopf herumspukten.

Ich hatte vor, mir in der Stadt ein Bett zu nehmen (der Schrank im geheimen Zimmer enthielt mehr als genug Geld für solche Extravaganzen) und am nächsten Tag in aller Frühe die Bibliothek aufzusuchen, um dort in sämtlichen Büchern zu stöbern, die etwas mit Fremdsprachen und Verschlüsselungscodes zu tun hatten. Bevor ich mir allerdings ein Zimmer suchte, wollte ich noch etwas anderes erledigen.

Auf dem Beifahrersitz lagen zwei Dinge: Zum einen die Tasche mit dem Buch meines Vaters – Mrs. Pickman hatte sie nicht angerührt und mir obendrein geschworen, dass sie nie wieder versuchen würde, den Text an sich zu nehmen – sowie ein Paket, das mehrere der Blaupausen und technischen Zeichnungen aus dem Schreibtisch enthielt. Ich hatte mir einige Abbildungen herausgesucht, die ich für besonders verstörend und aussagekräftig hielt, diese gefaltet, ein erklärendes Schreiben beigelegt und alles in eine an Edward Blake adressierte Schachtel gepackt.

Du kennst Edward Blake nicht, glaube ich. Und du wirst ihm auch nie gegenüberstehen, denn selbstverständlich ist das nicht sein wahrer Name. Ich lernte ihn bei meinem letzten Aufenthalt im Sanatorium kennen. Wie du weißt, liegen Genie und Wahnsinn oftmals nah beieinander, Magdalene. Bei Edward Blake war das Eine in das Andere umgeschlagen. Er ist ein Gelehrter durch und durch, unterrichtete Architektur, Mathematik und Geschichte an der Universität einer Stadt, die hier nicht genannt werden soll. Ihn brilliant zu nennen, wäre untertrieben; er ist schlicht der intelligenteste Mensch, der mir je untergekommen ist. Doch war dieser Verstand vielleicht zu groß für einen durchschnittlichen Menschenschädel, denn seine Seele war labil.

Als ich ihn kennenlernte, glich Edward einem zuckenden, sabbernden Häufchen Elend. Allerdings machte er rasch Fortschritte, erholte sich schließlich vollständig und durfte das Sanatorium sogar einige Wochen vor mir verlassen. Wir waren bis dahin recht gute Freunde geworden.

Ich bereitete das Paket in der Annahme vor, Edward würde inzwischen wieder unterrichten. Ich wollte sehen, was er zu den rätselhaften Blaupausen zu sagen hatte. Falls also das Postamt in der Stadt noch geöffnet hatte, wollte ich die Schachtel sofort auf die Reise schicken.

- Ein Code und ein Sog -

Die Fahrt durch die Wälder verlief ohne Zwischenfälle. Mrs. Pickmans treues Fahrzeug führte mich sicher und wohlbehalten über die verschlungenen Straßen. Kaum hatte ich etwas Abstand zwischen mich und das Dorf gebracht, tauchten am dämmrigen Himmel die ersten Sterne auf. Es war ungemein befreiend, der klammen Umarmung des Nebels zu entkommen. Gleichzeitig beschlichen mich aber auch seltsame Gedanken, während ich in die kalte Unendlichkeit des Weltenraums hinausstarrte. War es tatsächlich möglich, dass Williams Stein von dort oben gekommen war? Existierte er überhaupt? Und wenn ja, wo kam er her? Was sollte das für eine Macht sein, die ihm innewohnte? Und wer oder was hatte ihm jene Kraft gegeben?

Ich war froh, als ich das Flachland erreichte und im Lichtkegel der Scheinwerfer die ersten Anzeichen zivilisierten Lebens auftauchten, auch wenn es sich dabei nur um ein entlegenes Gehöft handelte. Der Anblick half mir dabei, die verstörenden Gedanken abzuschütteln – die Überzeugung, dass es draußen im All Abgründe gibt, die der Mensch sich nicht einmal ansatzweise ausmalen kann. Winkel, in denen Geschöpfe hausen, die sich unserem Begriffsvermögen so weit entziehen, dass ein Mann sofort sterben oder zumindest den Verstand verlieren würde, sollte er jemals eines davon erschauen. In einem unendlich großen Raum ist Platz für alles Mögliche und Unmögliche. Das Gesetz der Logik gebietet, dass es darin alles Erdenkliche geben muss. War an jenem schicksalhaften Tag im achtzehnten Jahrhundert, als William in den Besitz des Steins kam, etwas aus solch unmöglichen Regionen zu uns vorgedrungen?

***

Der Postbeamte wollte seine Filiale gerade schließen, als ich mein Gefährt schwungvoll davor zum Stehen brachte. Er schaute missmutig drein, nahm das Paket aber entgegen, nachdem ich freundlich und bestimmt auf die Dringlichkeit der Situation hingewiesen hatte.

Der Rest des Abends gestaltete sich ereignislos. Ich mietete wie geplant ein Zimmer in einem Motel, nahm ein spätes Mahl zu mir und ging zu Bett. Soweit ich mich erinnern kann, schlief ich traumlos. Allerdings muss sich mein Unterbewusstsein noch gewaltig mit den jüngsten Ereignissen beschäftigt haben, denn ich wachte mitten in der Nacht auf, weil mir etwas gegen den Kopf schlug. Als ich meine Sinne halbwegs beisammen hatte, wurde mir klar, dass ich nicht im Bett lag. Nein, unter meinen nackten Füßen waren kühle Holzdielen. Ich stand gegen die Tür des Motelzimmers gelehnt. Offenbar war ich geschlafwandelt und das Hindernis hatte mich gestoppt. Angst keimte in mir auf, als ich mich daran erinnerte, dass die Tür in Richtung der Berge hinausging. Aber ich habe mich schon merkwürdigere Dinge tun sehen und mich so manches Mal gefürchtet, wenn mein Verstand zu einer Reise ins Land des

Irrsinns aufbrach. Außerdem handelte es sich bestimmt um einen dummen Zufall. Ich schob einen Beistelltisch vor die Tür, tat die Sache schulterzuckend ab und legte mich wieder hin.

***

Es kam mir beinahe so vor, als säße ich in dem geheimen Zimmer, so hoch stapelten sich zu beiden Seiten die Wälzer. Ich befand mich in der Bibliothek, genoss die gelehrige Stille und suchte verbissen nach einem Ansatzpunkt, um die fremde Sprache zu übersetzen – beziehungsweise die Geheimschrift zu entschlüsseln, je nachdem, was sich als zutreffend erweisen sollte.

Bislang hatte ich nur herausfinden können, womit ich es nicht zu tun hatte. Die unlesbaren Absätze waren weder in Dänisch, Deutsch, Estnisch, Finnisch, Flämisch, Französisch, Isländisch, Italienisch, Niederländisch, Norwegisch, Portugiesisch, Schwedisch, Spanisch, Tschechisch, noch Türkisch verfasst. Mir gingen allmählich die Sprachen aus, die sich lateinischer Lettern bedienten, also verlegte ich mich auf Option zwei. Vielleicht hatte ich es doch mit Englisch zu tun, nur eben in codierter Form.

Im Weltkrieg bedienten sich die unterschiedlichen Parteien raffinierter Chiffriertechniken, um dem Feind Informationen vorzuenthalten. Dementsprechend umfangreich ist die Literatur, die sich mit der Dechiffrierung dieser Verschlüsselungsformen befasst. Es war eine stundenlange, zermürbende Suche, und als sie mich endlich ans Ziel führte, schmerzten mir die Augen und der Kopf gleichermaßen. Trotzdem musste ich an mich halten, um nicht in lautes Jubelgeschrei auszubrechen.

Es handelte sich um eine Verschiebechiffre, ein recht altmodisches und unsicheres Verfahren. Dabei wird jedem Buchstaben des sogenannten Klartexts ein Geheimtextbuchstabe zugewiesen, indem man sich von dem Klartextbuchstaben aus im geordneten Alphabet nach rechts bewegt. Um aus dem Geheimtext auf die ursprünglichen Lettern schließen zu können, ist es erforderlich, die Zahl der Buchstaben zu kennen, die bei dem Verschlüsselungsschritt übersprungen wurden. Sie ist bei jedem Buchstaben dieselbe. Wenn also aus einem »C« ein »A« wird, so verwandelt sich ein »F« in ein »D«.

Als ich nach längerem Herumprobieren diese Zahl ermittelt hatte, konnte ich den Text übersetzen. Allerdings gestaltete sich dies mühsam, da es bedeutete, alles noch einmal niederzuschreiben – nur eben mit den richtigen Buchstaben. Die Aufzeichnung lautete wie folgt:

***

<u>08. 09. 1901</u>: Sind im Dorf angekommen. Vorbereitungen waren überaus gründlich und wir fühlen uns bestens gerüstet. Jeremys Haus stellt sich als akzeptable Unterkunft heraus. Geheimes

Chemikalienlager lässt sich ohne große Mühe zu Schreibstube umfunktionieren.
Führen jede Menge Proviant mit uns, außerdem werden wir in den nächsten Tagen einige Hühner, Ziegen, Schafe und Rinder auf den umliegenden Höfen kaufen – sowohl, um die Versorgung mit Milch, Eiern und Fleisch sicherzustellen, als auch zu unserem Schutz. Nipmuck haben dem Ding Opfer dargebracht, damit es sie verschonte. Und sollte es Claire oder mir zu Leibe rücken, werden wir uns zu helfen wissen.
In den nächsten Tagen müsste Transport mit weiterer Ausrüstung eintreffen. Bin zuversichtlich, dass Bohrungen aufschlussreich sein werden. Es war Claires Idee, sich dem Ding von unten zu nähern. Bei allem, was meine Vorfahren bislang versucht haben, ist ihnen dieser Gedanke nie gekommen. Meine wundervolle Frau und ich werden eine Sache zum Abschluss bringen, an der sich die Coldlowes über Generationen die Zähne ausgebissen haben. Was wir finden werden, wird die Welt der Wissenschaft grundlegend verändern. Habe bereits dargelegt, wie es William verändert hat. Es verlieh ihm ungeahntes Wissen und Intelligenz, vereinnahmte und veränderte ihn jedoch auch. Müssen sehr vorsichtig damit sein. Vielleicht bislang unbekannter, halluzinogener Stoff. Erste Tests mit Fotoplatten lassen auf Radioaktivität schließen. Platten innerhalb kürzester Zeit vollständig geschwärzt. Kein Wunder, dass das Ding den Verstand der Menschen beeinträchtigt.
Für morgen genauere Inspektion geplant. Drang ist noch gut beherrschbar, nehme mir jedoch vor, stets wachsam zu bleiben. Dorfbewohner nicht begeistert, würden uns wohl am liebsten

loswerden. Aber alte Verträge binden sie. Und sie fürchten Williams Rache, sollten sie den Pakt brechen. Ha, dummes Bauernvolk! Alles, was dort oben noch ist, sind der Stein und jenes Konstrukt, das ihn schützt. Und wir werden ihn schon bald ans Licht zerren!

***

Kurz nachdem ich den letzten Satz ins Englische übertragen hatte, entfuhr mir ein lautstarker Fluch. Ich sprang auf, der Stuhl kippte um. Zahlreiche Augenpaare hefteten sich erbost auf mich, der eine oder andere Bibliotheksbesucher zischte auch gereizt.

In Vaters Text folgte ein Absatz, und nach dieser Unterbrechung ergab meine Entschlüsselung nur noch unverständliches Kauderwelsch. Wie es schien, war bei jedem neuen Eintrag die Zahl der beim Verschieben übersprungenen Buchstaben geändert worden, was die weitere Dechiffrierung ungeheuer mühselig und zeitintensiv machen würde. Es kostete mich all meine Willenskraft, ein Stöhnen zu unterdrücken.

Ich warf einen Blick auf die Uhr, die an einer freien Wand hing. Es war längst Nachmittag. Mein Schädel dröhnte, sowohl von der Beule, als auch von der Anstrengung. Und nun, da meine Aufmerksamkeit auf etwas anderes als die Aufzeichnungen gerichtet war, drang auch das Hungergefühl zu meinem Hirn durch. Ich beschloss, es für heute gut sein zu lassen, stellte die Bücher an ihre Plätze zurück und packte meine Sachen zusammen. Sicherheitshalber entlieh ich jedoch einige der Bände über Geheimschriften - man konnte nie wissen, was einen innerhalb des Folianten meines Vaters noch erwarten würde.

***

Nach einem reichlichen Mahl versuchte ich, Ordnung in meine Gedanken zu bringen. Was war nun zu tun, wie weit sollte ich mich noch in die Sache vorwagen?

Ich hatte Mr. Vanderbilt und den Scheck, den er hütete, nicht vergessen. Ein Leben in Wohlstand wartete darauf, von mir gelebt zu werden. Ich müsste lediglich mit meiner Vergangenheit abschließen und das Haus in Brand stecken. Ein Streichholz genügte.

Es war klar, dass das Feuer nicht dem Gebäude im Allgemeinen, sondern dem geheimen Zimmer im Speziellen gelten sollte. Vater hatte sich gewünscht, dass ich niemals davon erfuhr. Ich fragte mich, ob Vanderbilt in diese Details eingeweiht war. Würde er sich davon überzeugen, dass die Blaupausen und Aufzeichnungen tatsächlich vernichtet waren?

Ein Teil von mir wollte sich nicht von dem Buch trennen. Es war meine Verbindung zu einer Familie, zu einer größeren Sache. Und obwohl jene Sache nur Kummer und Leid hervorgebracht hatte, fühlte es sich gut an, dazuzugehören. Ich habe mich selten als etwas Besseres gefühlt – und wenn doch, dann lag das nur daran, dass ich dich in den Armen halten durfte, Magdalene. Aber nun war ich jemand. Keine Waise mit kränklichem Verstand, sondern ein Coldlowe. Ein Adeliger, Angehöriger eines edlen Geschlechts. Erbe eines fürchterlichen Geheimnisses und Letzter der Blutlinie. Wenn ich die Sache beendete und die Berge der Vergessenheit anheimfallen ließ, wäre das Vermächtnis der Coldlowes ausgelöscht. Nach meinem Tod würde nichts mehr von uns zeugen. Aber was wir wirklich waren, was uns beschäftigte und antrieb, stand auf jenem Berg. Es war unser Schicksal, das Ding zu bezwingen und an uns zu nehmen, was William darin versteckt hatte.

Nein, ich konnte nicht davon lassen. Schon seit Längerem hatte ich insgeheim überlegt, wie das Konstrukt jenseits des Gipfels aussehen mochte. Was es war und womit es sich seinen schlimmen Ruf eingebracht hatte. Steckte ein Körnchen Wahrheit in dem wirren Traum, glich es einem pumpenden, glühenden Herzen?

Das war natürlich Unfug. William hatte es vor 250 Jahren erbauen lassen, mit den Mitteln der damaligen Zeit. Es musste aus heutiger Sicht primitiv anmuten, war vermutlich halb verfallen. Und dennoch hatte es meinen Vorfahren getrotzt. Es lockte mich, streichelte meinen Verstand wie Absinth. War es wirklich dieses Ding gewesen, das mich die Kontrolle über meinen Körper verlieren ließ? War die Schuld nicht vielmehr in meiner bedrückten Stimmung zu suchen, in der düsteren Lektüre und der hypnotischen Wirkung all der Informationen?

Die Ärzte haben mir klargemacht, dass vermeintlich übernatürliche Dinge meist die banalsten Ursachen haben. So musste es sich auch hier verhalten.

Während ich mich zur zweiten Übernachtung in dem Motel niederlegte, fasste ich den Entschluss, meine Forschungen fortzusetzen. Und sobald ich genügend Informationen beisammen hatte, würde ich es endlich wagen, um den Gipfel herumzugehen und mir Williams Konstrukt ansehen.

Was war ich doch für ein Narr!

- Eine Gefangenschaft und eine Eskalation -

Ich hätte damit rechnen müssen, dass Mrs. Pickman alles andere als begeistert sein würde.

»Ham Se jetz' komplett den Verstand verlor'n, Mister? Wissen Se denn nich' mehr, wie's Ihnen neulich beinah' ergangen wär?«

Sie tobte durch ihre Wohnstube, bei jedem Schritt stampfte sie auf. Geballte Fäuste wirbelten gestikulierend durch die Luft, während sie auf mich einredete. »Und schon bereu' ich's, dass ich Ihnen mein Fahrzeug geliehen hab. Warum zum Teufel können Se nich' einfach das Feuer legen und verschwind'n? Hier zu bleiben ist Irrsinn, das wissen Se! Und sich das ... das ... Scheusal anschau'n zu woll'n, is' ... 's ist dümmer als alles and're!«

Ich griff nach dem Schürhaken und stocherte verlegen im Kamin herum. Die Wärme war überaus angenehm. Seit ich zurück in der Siedlung war, umfing mich die ewige Düsternis und eine feuchte Kälte kroch mir in die Knochen. Auch die Schwingung war wieder zu vernehmen, doch sie war schwach und weit davon entfernt, meine Selbstbeherrschung auf die Probe zu stellen.

»Ich kann mir vorstellen, wie das auf Sie wirken muss«, erwiderte ich. »Vermutlich war mein Vater genauso halsstarrig. Und mir will auch kein logischer Grund dafür einfallen, dass ich hierbleiben und mir jenes Ding ansehen möchte. Aber ich muss es tun. Vielleicht besiegelt es mein

Schicksal, vielleicht offenbart es mir etwas, vielleicht geschieht gar nichts, wer weiß. Aber Sie können mich nicht von meinem Vorhaben abbringen. Sie sind eine herzensgute und hilfsbereite Frau, Mrs. Pickman. Bitte grämen Sie sich nicht, denn Sie haben sich nichts vorzuwerfen, was auch immer geschehen mag.«

Sie blieb stehen, stemmte die Hände in die Hüften und legte den Kopf schief. Man konnte förmlich dabei zusehen, wie es hinter ihrer Stirn zu arbeiten begann. Mindestens eine Minute verstrich, ehe sie murmelte: »Na schön. Ich hab's weiß Gott versucht, das hab ich. Wenn Sie's denn so woll'n, dann machen Se's.« Sie verschränkte die Arme vor der Brust. »Aber ein' Gefall'n müssen Se mir noch tun, sonst fühl' ich mich wie'n schlechter Gastgeber.«

Ich runzelte die Stirn. »Natürlich. Wovon sprechen sie?«

»Trinken Se gefälligst ne ordentliche Tasse Tee mit mir, junger Herr. Ich kann Sie doch nich' einfach Ihr'm Schicksal überlassen, durchgefror'n, wie Se sind.«

Selbstverständlich willigte ich ein. Wer war ich, einer einsamen alten Dame eine Bitte abzuschlagen? Außerdem war mir wirklich kalt, selbst der Kamin hatte die Taubheit nicht aus meinen Fingern vertreiben können.

Mrs. Pickman hängte eine Kanne über die Flammen, verschwand in der Küche und kehrte kurz darauf mit zwei Tassen, Löffeln und kleinen Stoffbeutelchen zurück, in die seltsame Kräuter eingeschlagen waren.

»Meine eig'ne Mischung«, schnarrte sie lächelnd. »Alles selbst gepflückt und getrocknet, jawohl!«

Mithilfe eines Lappens nahm sie die Kanne aus dem Kamin, goss ein und hängte die Beutel in die Tassen. Sie starrte ins Leere, während ihre Lippen stumme Worte formten. Bald wurde mir klar, dass sie vor sich hin zählte. Etwa zwei Minuten vergingen auf diese Weise, dann fischte Mrs. Pickman die Beutel wieder aus den Behältnissen und verkündete: »Bitt'schön, junger Herr. Lass'n Se sich's munden. Wer weiß, wann Se das nächste Mal was trinken, wenn Se erst wieder über dem Buch sitzen.«

Das Getränk schmeckte bitter und entsprach überhaupt nicht meinem Geschmack. Aber ich wollte die Alte nicht kränken, also würgte ich alles tapfer hinunter. Als ich die Tasse bis auf den letzten Tropfen geleert hatte, wurde mir schwindlig.

»So ist's gut«, krächzte Mrs. Pickman. »Brav alles ausgetrunk'n haben Se. Sie les'n heut' keine bösen Schriften mehr, soviel is' sicher.«

Viel zu spät wurde mir klar, dass sie ihren Tee nicht angerührt hatte. Der Raum begann sich um mich zu drehen, alles verformte sich, zerfloss und gerann zu verschwommenem Gallert.

»Was … was haben Sie getan?«

»Ham Se keine Angst«, drang ihre kratzige Stimme zu mir. »'s bringt Sie nich' um, aber 's wird Se ord'ntlich schlafen schicken. Sie ham doch nich' allen Ernst's geglaubt, ich würd' Se sich umbringen lass'n, oder?«

Die Stimme wurde immer hohler. Ihr Echo hallte in meinem Kopf, wie ein Gummiball, der von den Innenseiten des Schädels abprallte. Ich wollte aufstehen, doch ich sah den Tisch nicht mehr. Meine Hände glitten ab, die Beine knickten ein. Den Aufprall spürte ich kaum. Es fühlte sich an, als wäre mein Körper in weiche Daunen gebettet. »Sie … mich … vergiftet …«

An mehr entsinne ich mich nicht.

***

Als ich zu mir kam, glich mein Kopf einer Triangel, die fortwährend angeschlagen wurde. Ein schaler, unangenehmer Geschmack haftete mir im Mund, meine Augen hatten Schwierigkeiten, sich auf etwas zu fokussieren … und ich war unfähig, mich zu bewegen.

»Oh, schon erwacht?«, krächzte es von meinen Füßen her. »Ein zäher Bursche, das sind Se.«

Ich konnte fühlen, wie sich etwas um meine Knöchel legte und festgezogen wurde.

»Aber verschnürt sind Se jetzt trotzdem, jawohl.«

Mrs. Pickman trat in mein Blickfeld und beugte sich zu mir herab. »Versuch'n Sie gar nich' erst, sich zu befrei'n. Meine Knoten sind fest, und außerdem hab ich Ihnen nen Bewacher zugeteilt.«

Als habe das Vieh jedes Wort verstanden, ließ Boxer ein bedrohliches Knurren vernehmen. Er musste ganz in der Nähe sein.

Die Zunge wollte mir nicht recht gehorchen, als ich fragte: »Was … was haben Sie … vor?«

Langsam klärten sich meine Sinne und mir wurde klar, dass ich an ein Bett gefesselt war. Die Möbel und Wände ringsum waren mir unbekannt, daher schlussfolgerte ich, dass ich mich im Schlafzimmer der Alten befand.

»Is' das nicht off'nsichtlich?« Sie lachte schrill und kratzig. »Zu Ende bring'n, was Sie nich' tun konnten, das werd' ich. Das Haus verbrenn'n, damit's endlich vorbei ist.«

»Ich … ich dachte, Sie … können nicht …« Jedes Wort glich einem tonnenschweren Stein, den ich emporstemmen musste.

Mrs. Pickman lächelte schief. In ihren Augen war ein ungesundes Glimmen, das mich schaudern ließ. »Ja, Se ham recht, junger Mann. Nur zu recht. Ich darf nix mach'n, was der Sache hier schadet. Aber ich hab schon so viel verloren, so viel hat's mir genommen … und seit Sie im Dorf sind, singt's wieder zu mir! Ich hatt' gehofft, 's wär ausgestand'n, aber jetzt weiß ich, dass es nie zufrieden sein wird. 's wird weiterfressen, bis es alles gehabt hat, und das werd' ich nicht zulassen. Die Sache endet heut Nacht, dafür sorg' ich! Und wenn's getan ist, lass ich Sie geh'n.«

»Mrs. Pickman … bitte … nicht …«

»Sie könn' jammern, soviel Se woll'n. Ich weiß, dass Se mir später noch dafür danken werd'n. Ich werd' alles vernichten – und hiermit fang' ich an!«

Sie wandte sich ab, ging ein paar Schritte, hob etwas auf und kehrte ans Bett zurück.

»Sagen Se lebwohl zu dem Ding.«

»Nein!«, brüllte ich, als mir klar wurde, dass sie das Buch meines Vaters in Händen hielt. »Nein, Sie ... haben geschworen ...«

»Hier sind Ding' gescheh'n, die so schlimm sind, dass ein gebroch'ner Schwur dagegen nicht schwer wiegt.«

Sie umfasste das Buch fester und schlurfte aus dem Raum hinaus. Ich wusste, dass sich hinter der Tür die Wohnstube mit dem Kamin anschloss und schrie verzweifelt: »Nein, Mrs. Pickman! Tun ... Sie das nicht! Ich ... ich flehe Sie an!«

Ein dumpfes Geräusch antwortete mir; der Klang von etwas Großem, das zwischen brennende Holzscheite fiel.

»NEEEEEIN!«

Siedend heiße Tränen schossen mir in die Augen. Ich schrie wie von Sinnen und gebärdete mich wie ein Besessener. Wut gab mir die Kontrolle über meine Zunge zurück: »Ich bring' Sie um, Sie verdammtes Hexenweib! Ich werde mich befreien und dann sind Sie es, die im Feuer landet!«

Ich bäumte mich auf, zerrte an den Fesseln. Die Stricke schnitten mir schmerzhaft in die Handgelenke, Holz knarrte, ein angestrengtes Zischen entstieg meiner Kehle. Doch die Seile gaben nicht nach.

Mit einem Satz sprang der Hund auf das Bett. Er landete auf mir, bellte mich an und schnappte nach meinem Gesicht.

»So ist's recht, Boxer«, lobte ihn die alte Vettel von der Tür her. »Zeig' ihm, wer das Sag'n hat, wenn er aufmüpfig wird.«

»Nehmen Sie dieses Monster von mir herunter«, forderte ich, während ich versuchte, den zubeißenden Kiefern auszuweichen.

»Er geht ganz von allein, wenn Se sich beruhigt ham. Mein Boxer is'n guter Hund, und er tut, was ich ihm sag. Also sei'n Se vernünftig, dann passiert Ihnen nix. Ich werd' jetzt geh'n. 's gibt noch mehr anzustecken in diesem Dorf.«

Speichel tropfte mir ins Gesicht, als sich Mrs. Pickmans Schritte entfernten. Ich bäumte mich noch zwei-, dreimal auf, dann sah ich es ein und ergab mich in mein Schicksal. Boxer beruhigte sich und stieg vom Bett herunter.

Tränen rannen über meine Wangen. Der Geruch von brennendem Papier verteilte sich im Haus.

***

Es wurde dunkel, während ich, zur Untätigkeit verdammt, auf die Rückkehr der Alten wartete. Zu meiner Linken befand sich ein Fenster, durch das die letzen Reste trüben Tageslichts zu mir herabsickerten. Schon bald versiegte dieses Rinnsal und hinter der Scheibe breitete sich neblige Nacht aus. Von der Tür her floss etwas flackernder Schein in den Raum, doch der Großteil meines Gefängnisses war stockfinster. Einzig die Augen des Hundes hingen wie bedrohliche Elmsfeuer inmitten der Schwärze.

Ich war dermaßen aufgewühlt, dass ich unmöglich sagen kann, welche Zeitspanne verstrich. Doch irgendwann fand eine

Veränderung statt, die Dunkelheit wurde zurückgedrängt. Meine Gedärme krampften sich zusammen, als mir klar wurde, dass Mrs. Pickman ihren abscheulichen Plan tatsächlich in die Tat umgesetzt hatte. Die Nacht vor dem Fenster wich zunächst einem kaum wahrnehmbaren Burgunder, dann wandelte sie sich in prächtiges Scharlach, bevor sie mir in klarstem Zinnober entgegenschlug. Fettiger, dunkler Rauch zog in unregelmäßigen Schwaden vorbei und nahm meine letzten Hoffnungen mit sich.

Es zerriss mich fast, so sehr tobte der Verlust in mir. Irgendwann gestand ich mir schweren Herzens ein, dass alles fort war. Welche Geheimnisse das Buch und die Blaupausen bereitgehalten haben mochten, nun würde ich sie niemals mehr erschauen. Eben war ich noch Teil von etwas Großem gewesen, jetzt befand ich mich wieder in der Gosse, auf Höhe des unwissenden, engstirnigen Pöbels. Die Erbschaft vermochte mich nicht zu trösten. Selbst die Spur von Erlösung, die mich angesichts des unfreiwilligen Endpunkts erfasste, verdampfte auf meiner Frustration.

Ich hätte froh sein müssen, denkst du? Erleichtert, dem Ding entronnen zu sein, wenn auch unfreiwillig? Du hast selbstverständlich recht, meine Liebste. Doch du übersiehst eines. Ein Gedanke, bei dessen Lektüre du mich endgültig für verrückt erklären wirst, solltest du das nicht bereits getan haben. Als er mir in jener Nacht kam, stahl sich ein schiefes Grinsen auf meine Züge.

»Wieso das Wunder des Steins nicht trotzdem enträtseln?«, fragte ich mich. »All die Informationen, die du bisher gesammelt hast ... die müssen doch zu etwas nütze sein. Vergiss die Aufzeichnungen – alles, was du benötigst, hast du im Kopf und im Herzen!«

Ja, so wollte ich es anpacken. Ich würde abwarten, mich losbinden lassen und dann schnurstracks um den Berg herumgehen und mich dem stellen, was mich dort erwartete. Es sang wieder zu mir. Diesmal waren die Klänge noch betörender, noch schöner. Als habe sich meine eigene Schwingung daran angeglichen und vibrierte nun im Einklang mit dem fremden Schall. Ich schloss die Augen und genoss das Konzert, während das Orchester von immer mehr Instrumenten ergänzt wurde. Der Drang kehrte wieder, kaum beherrschbar und stetig zunehmend. Als wisse das Ding, dass es mich beinahe verloren hätte. Wieso sollte man sich vor etwas so Wundervollem fürchten? Es würde mich aufnehmen und erleuchten. Wenn ich erst bei ihm angelangt war, würde sich meine Bestimmung erfüllen.

Als Mrs. Pickman das Haus betrat, zerrte ich bereits wie wild an meinen Fesseln und zerriss die Laken mit den Fingernägeln.

»'s ist getan«, verkündete sie. »Ich dacht' schon, das Feuer würd' auf ein and'res Haus übergreifen, aber der Wind ist gottlob schwach heut' Nacht.«

»Machen Sie mich los!«, befahl ich. Mein Körper war schweißgebadet und ich fühlte mich fiebrig. Alles, woran ich denken konnte, war das Ding. Ich musste zu ihm, es saugte wie ein Tornado an mir. »Nun machen Sie schon, Sie Teufelsweib!«

Sie schüttelte den Kopf. »Oweh, und ich dacht', es wär' nun besser. Wie's aussieht, brauchen Sie noch 'ne Tasse.«

Sie schlurfte hinaus und ich brüllte ihr hinterher: »Nein, ich muss hinaus! Ich muss zu ihm, muss es sehen und mich mit ihm vereinen!«

Die Alte kehrte mit einer brennenden Kerze und ihrer noch immer gefüllten Teetasse zurück. Das flackernde Licht wurde auf einem Tischchen platziert, dann kam sie zu mir herüber. »Machen Se freiwillig den Mund auf, sonst muss ich Sie zwing'n.«

»Niemals, sie verdammte Hexe, auf keinen Fall werden Sie mir noch einmal …«

Ihre Hand schoss mit ungeahnter Geschwindigkeit vor und umschloss meinen Mund. Die Spitzen der knochigen Finger bohrten sich beiderseits in die Kaumuskulatur. Der Schmerz war unerträglich, bereits nach wenigen Sekunden begann ich zu schreien. Mrs. Pickman hielt die Tasse über mich und kippte mir den Inhalt in das verzerrte Gesicht. Ich hustete und spuckte, wand mich, bäumte mich auf, würgte und versuchte zu brüllen: »NEIN! Nein, niemals! Nie …«

Der Klammergriff wurde immer fester. Die Luft blieb mir weg, es war nur eine Frage der Zeit, bis ich schlucken musste. In meinen Wangen tobten irrsinnige Schmerzen, Tee brannte in den Atemwegen, mörderischer Hass durchströmte meine Adern.

Und über allem lag die Schwingung, stärker als jemals zuvor. Alles durchdringend pulsierte sie über mich hinweg. Sie war nun so laut, dass ich meine eigenen Flüche nicht hören konnte. Ich sah, wie sich Mrs. Pickmans Augen weiteten. Ihr Mund öffnete sich zu einem stummen Schrei, schieres Entsetzen blickte auf mich herab. Boxer entleerte seine Blase auf den Boden. Der Gestank von Urin stieg mir in die Nase. Der widernatürliche Schall ließ das gesamte Haus erbeben. Das Bett vibrierte, polterte über den Fußboden. Die Kerze kippte um und erlosch. In der Dunkelheit war nichts als die Schwingung. Ich glaubte, sie würde meine Trommelfelle zum Platzen bringen, so sehr dröhnte sie. Und dann sprach sie zu uns.

Gottes Worte können einen Mann unmöglich stärker erschüttern als jene Bassstimme, die Mrs. Pickman nun zu Boden streckte und mich tief in das Bett presste.

TWGJTG OGKPGP PCEJHCJTGP PKEJV CP, ICTUVKIGU YGKD!

Jede Silbe traf mich mit der Wucht eines Hammerschlags. Unter mir zerbarst Holz. Ich war mir sicher, dass ich sterben würde, doch das Schicksal war noch nicht fertig mit mir. Eine gnädige Ohnmacht erlöste mich.

- Eine Enthüllung und ein Entsetzen -

Das panische Geschrei der Alten weckte mich.

»Boxer! Gott, 's hat sich Boxer geholt! Mein Hund, mein armer Hund!«

Ich blinzelte die schwarzen Punkte weg und wurde von Schmerzen begrüßt. Jeder Zoll meines Körpers schien wund zu sein. Tageslicht (beziehungsweise etwas, das dem so nahe kam, wie es in dieser Siedlung möglich war) umgab mich; ich musste die ganze Nacht bewusstlos gewesen sein. Stöhnend rollte ich in eine angenehmere Haltung und stellte fest, dass ich mich frei bewegen konnte. Die Fesseln baumelten lose an meinen Hand- und Fußgelenken, von den Bettpfosten, an denen sie befestigt gewesen waren, zeugten nur noch Stümpfe.

Scharfe Kanten bohrten sich mir in die Seite, als ich mich von den Überresten des Betts wälzte. Benommen taumelte ich auf die Füße.

Wieder hörte ich Mrs. Pickman keifen: »Nich' Boxer, nich' er! Er is' das Einz'ge, was ich noch hab.« Sie schluchzte mehrmals, bevor sie die Litanei fortführte: »Nich' mein Hund, nich' er!«

Auf wackligen Beinen folgte ich der Stimme. Ich musste mich im Türrahmen abstützen, um nicht lang hinzuschlagen. In der Wohnstube kauerte sie, vor dem erloschenen Kamin. Ihre knotigen Hände hielten ein Büschel Fell umklammert.

Sie hörte mich kommen und sah mich vorwurfsvoll an. Ihr Gesicht war tränenüberströmt. »Das war meine Strafe. Ich hab mich geirrt, 's konnt' sich doch an mir rächen. Mir wär's egal gewesen, wenn's mich genommen hätt', aber mein' Hund ...« Ihre Unterlippe bebte. Es war verstörend, eine solch kindliche Geste auf dem ledrigen Gesicht zu sehen.

»Wenn Sie mich nicht betäubt und festgebunden hätten, wäre das nicht geschehen.« Ich spie die Worte förmlich aus und sah mit Genugtuung, dass sie ihre Wirkung nicht verfehlten. Mrs. Pickman sank noch weiter in sich zusammen und ließ ein Wimmern hören. Doch dann schlugen die Emotionen in etwas anderes um. Die Knotenhände verkrampften sich entschlossen, das faltige Kinn wurde trotzig emporgehoben. Sie stand auf und kam mir entgegen, Blitze mit den trüben Augen verschießend. »Nein«, grollte sie, »nein, 's ist alles *Ihre Schuld*! Sie und Ihre Vorfahr'n sind's, denen das Dorf dies alles verdankt.« Ein Zeigefinger stach nach meiner Brust. Der Stoß war so stark, dass ich beinahe das Gleichgewicht verloren hätte. »Ich hab stets versucht, Ihnen und Ihr'n Vorgängern zu Dienst'n zu sein, und was hat's mir eingebracht? Trauer und Verzweiflung, nix weiter. Ich hab das Dorf aussterben sehn, hab jedes Mal bitt're Tränen geweint, wenn ich mein Vieh verloren hab, meinen Mann hat's mir genommen ... und jetzt bleibt *gar nichts mehr*!«

Sie schlug auf mich ein, ein Hagel aus arthritischen Fäusten traf meine Brust. Ich war viel zu benommen, um ihn abzuwehren. Gottlob reichte Mrs. Pickmans Kraft nur für wenige Sekunden.

»Aber jetz' ist Schluss«, murmelte sie schwer atmend. »Sie könn' von mir aus verreck'n. Ich schuld' Ihnen nichts mehr.«

Mit einem energischen Ruck machte sie auf dem Absatz kehrt und stapfte zur Haustür.

»Wo … wo wollen Sie hin?«

Sie riss die Tür auf und zischte über die Schulter: »Ich werd' mir meinen Hund zurückhol'n, und wenn's mich das Leben kostet!«

Als die Tür zuschlug, erschütterte mich der Knall mindestens ebenso wie die Hausmauern.

***

Was ich nun tat, kann ich nicht logisch begründen. Die Schwingung war verstummt, sie war es nicht, die mich antrieb. Es musste eine Art morbide Neugier sein, die Art von Kribbeln, die uns langsamer gehen lässt, wenn wir an einem Unfall vorbeikommen. Das Leid Anderer fasziniert uns, wir müssen es uns ansehen, als könnten wir es so von uns selbst fernhalten. Möglicherweise fühlte ich auch so etwas wie Schuld. Obwohl ich Mrs. Pickman nie vergeben würde, was sie mir am Abend zuvor angetan hatte, ergriff mich Mitgefühl angesichts ihrer Verzweiflung. Schließlich mag auch meine chronische Wissbegier eine Rolle gespielt haben. Was auch immer den Ausschlag gab, es sorgte dafür, dass ich der Alten hinterherschlich.

Es war nicht einfach, sich leise zu verhalten, denn mein Körper wollte mir noch nicht vollständig gehorchen. Immer wieder strauchelte ich und musste befürchten, ein verräterisches Geräusch zu verursachen. Wie zum Ausgleich war das Wetter auf meiner Seite. Der Nebel floss besonders dicht und verschlang bereits nach wenigen Metern jegliche Kontur. Ich konnte Mrs. Pickman in geringem Abstand folgen, indem ich einfach auf ihre Schritte und ihr Schluchzen lauschte. Den schmatzenden Schlamm betrat ich erst gar nicht, sondern hielt mich parallel dazu, auf den bewachsenen Flächen. Es ging ein Stück weit durchs Dorf, immer wieder schälten sich dicht vor mir Bretter oder Ziegelsteine aus den Schwaden.

Irgendwann verstummten die Schritte. Ich blieb stehen, hielt den Atem an und lauschte. Ein Knarren folgte, dann wieder das Geräusch von Schuhen auf dem feuchten Untergrund. Schließlich ein Klatschen, das von einem lauten »Muuuh!«, beantwortet wurde.

»Komm schon, stures Ding!«, befahl die Alte. Etwas setzte sich in Bewegung, doch diesmal klangen die Schritte schwerer und wurden von mehr als zwei Beinen hervorgerufen. In unregelmäßigen Abständen klatschte es erneut, worauf stets ein Muhen folgte.

Du kannst dir meine Verwunderung sicher vorstellen, Magdalene. Es konnte kein Zweifel bestehen, auch wenn es noch so wenig Sinn machte: Mrs. Pickman trieb eine Kuh vor sich her. Immerhin machte das Tier einen solchen Lärm, dass die Wahrscheinlichkeit meiner Entdeckung auf ein Minimum geschrumpft war. Ich ließ mich etwas weiter zurückfallen und schritt ungeniert aus, während das ungleiche Paar die Siedlung verließ und sich bergauf vorarbeitete.

Der dichte Nebel fühlte sich beinahe wie Regen an. Bald war meine Kleidung durchnässt und entzog mir kostbare Wärme. Ich schlang die Arme um mich und bereute es bitter, mir keine Decke übergeworfen oder Mrs. Pickmans Haus nach dem lädierten Mantel durchsucht zu haben. Die Luft roch eisig, der Winter näherte sich unaufhaltsam.

Bald zogen keine Mauern mehr an mir vorbei, einzig ein knorriger Stamm oder ein halb entlaubter Ast drangen hier und da durch die grauen Wände zu mir vor. Wir befanden uns nicht mehr im Dorf, soviel stand fest. Jeder Versuch, sich zu orientieren, war zum Scheitern verurteilt. Ich konnte nur mit Bestimmtheit sagen, in welche Richtung es auf- beziehungsweise abwärts ging, jede weitere Richtungsangabe verkam zum Ratespiel. Vermutlich hätte ich noch nicht einmal das Dorf wiedergefunden, so allumfassend war der Nebel. Aber ich wollte ohnehin nicht umkehren. Ich ahnte, wohin die Alte unterwegs war, und jenes Ding ließ mich für den Moment in Ruhe. Möglicherweise hatte es sich verausgabt und musste sich regenerieren. Ich sah eine Chance gekommen, es mir anzusehen, ohne dabei den Verstand zu verlieren.

Der schlammige Weg ging in einen mit Geröll übersäten Trampelpfad über. Knotige Wurzeln griffen nach den Füßen unvorsichtiger Wanderer und tückische Kiesel lösten sich unter ihren Stiefeln, um sie zu Fall zu bringen. Es ging so steil bergan, dass ich die Kälte bald vergessen hatte. Die Kuh blökte mehrmals frustriert, doch Mrs. Pickman kannte keine Gnade. »Weiter mit dir, faules Stück!«, hörte ich sie keifen.

Allmählich lichtete sich der Wald, nur noch selten leisteten mir Blatt und Borke Gesellschaft. Stattdessen ragten Felsen zu mir herein, zerteilten die Schwaden wie gigantische Speerspitzen. Mir fiel auf, wie still es zwischen den Bäumen gewesen war. Ohne die beiden Gestalten vor mir wäre kein Laut an meine Ohren gedrungen, abgesehen von denen, die ich selbst hervorrief. Das Gelände um das Dorf war wie ausgestorben, und nun, da sich auch die Bäume zurückzogen, war selbst das Rascheln der Blätter verschwunden. Etwas entvölkerte das Land, das hatte ich schon vor Tagen gedacht. Nun konnte an meiner Theorie endgültig kein Zweifel mehr bestehen.

Es ging längere Zeit steil bergauf, und als der Weg endlich wieder etwas flacher wurde, konnte ich nicht sagen, ob meine Kleidung vom Nebel oder vom Schweiß durchnässt war. Ein Kribbeln lief meinen Rücken entlang. Wir mussten in der Nähe des Gipfels sein. Es war nicht mehr weit. Eine Anspannung, die sich über Tage aufgebaut hatte, stand kurz davor, gelöst zu werden.

Der Wechsel aus Schlägen, Muhen und Gezeter führte mich ein Stück waagerechte Strecke entlang, dann ging es abwärts. Hier standen überhaupt keine Bäume mehr, selbst Gräser und Moose waren nicht zu finden. Wir befanden uns zwar in großer Höhe, allerdings nicht so hoch, dass pflanzliches Leben unmöglich gewesen wäre. Auch das Wetter konnte nicht solche

Kapriolen schlagen, dass sich kein Grün mehr aus der Erde emporzukrallen vermochte. Es gab nur eine Erklärung für diesen Umstand, und die sollten wir bald erreichen.

Ich konnte an den Schreien des Rinds erkennen, dass wir uns dem Ding näherten. Das Tier klang immer wilder, Panik schwang in seinen Lauten. Nur der strengen Hand der Alten war es zu verdanken, dass das Vieh nicht längst Reißaus genommen hatte. Mrs. Pickman fluchte immer wieder lautstark. Offenbar bereitete ihr das Treiben der Kuh zusehends Schwierigkeiten. Die Frequenz der Schläge erhöhte sich erheblich, was das Tier zu noch mehr Geheul anregte.

Der Weg wurde wieder eben, das Gelände flach und ausgedehnt. Hier gab es nichts außer Geröll und Nebel. Und der Schwingung. Ich konnte sie wieder spüren. Sie war sehr schwach, woraus ich folgerte, dass meine Überlegungen bezüglich der Erschöpfung des Konstrukts zutreffend waren. Wäre ich ihm tags zuvor so nahe gekommen, es hätte mich mühelos verschlingen können.

Dann erblickte ich die Löcher. Krater zogen an mir vorbei, Nebelfetzen verfingen sich in ihnen. Die Ebene glich einer Mondlandschaft. Ich sah in eine der unnatürlichen Poren hinab und erkannte einen mit Brettern ausgekleideten Stollen. Das Erdreich unter meinen Füßen musste ausgehöhlt sein wie ein Schweizer Käse. Halb befürchtete ich bei jedem Schritt, dass der Boden nachgeben und mich aufnehmen würde.

Über einem der Schlünde stand ein windschiefes, rostiges Gerüst. Ein Bohrturm, oder zumindest dessen Überreste. Die verbogenen Metallstreben wirkten wie ein Mahnmal, ein unmissverständliches Zeichen, das jedem Abenteurer zu verstehen gab: Du wirst scheitern.

»Nur noch ein kurzes Stück ist's«, krächzte die Alte und schlug die Kuh. »Weiter, dummes Tier! Ja, so ist's gut.« Plötzlich änderte sich ihre Tonlage. »Siehst du's? Ich hab dir was gebracht. Du kannst's haben, wenn du mir mein' Boxer wiedergibst!«

Ich blieb stehen, da ich mich der Stimme näherte. Mrs. Pickman musste am Ziel sein.

»Hörst du nich'? Du kannst's haben. Ich geb's dir freiwillig, wie neulich. Aber bitte, bitte gib mir den Hund.«

Die Stimme brach. Einige Schluchzer folgten. Schließlich flehte sie weinend: »Bei allem, was recht ist, bitt' ich dich: Gib ihn mir wieder. Du hast … hast mir alles genomm'n und mich zugrund' gerichtet, das kannst du jetzt nicht auch noch verlang'n. Gib ihn mir, biiitte!«

Die letzten Worte waren kaum mehr zu verstehen, so durchsetzt von Schleim und Tränen waren sie. Ich fragte mich, auf wen oder was Mrs. Pickman einredete. Die Neugier war kaum zu bezähmen, doch ich fürchtete, mich zu verraten, wenn ich mich weiter vorwagte. Während ich noch unsicher von einem Fuß auf den anderen trat, wurde das Geheul der alten Frau beantwortet. Etwas knarrte, etwas Großes, Schweres. Der Boden vibrierte. Ein durchdringendes Quietschen erklang, so laut, als würde die größte und rostigste Tür der Welt aufgesperrt.

»Ja«, heulte Mrs. Pickman. »Ja, ja! Nimm es, um des Heilands will'n!«

Nun mischte sich ein kolossales Knirschen in die Geräuschkulisse. Es klang, als drehten sich zwei gigantische Mühlräder im Nebel. Über mir war ein Rauschen. Ich hatte das irrsinnige Bild eines riesenhaften Krans vor Augen, dessen Schwenkarm über mich hinwegfuhr.

»Ja, öffne dich! Nimm's an und lass ihn frei!« In Mrs. Pickmans Stimme lag der euphorische Beiklang des Wahnsinns. Ich bezweifelte, dass sie noch auf mich achten würde und setzte vorsichtig einen Fuß vor den anderen. Dort kniete sie, sich vor und zurück wiegend und dabei immer wieder ausrufend: »Ja, ja, ja!«

Die Kuh blökte nicht mehr. Mit starrem Blick ging sie geradeaus, von der Alten fort. Das Knirschen, Knarren und Quietschen endete in einem lauten Poltern. Ich tat noch zwei, drei Schritte und glaubte, etwas zu sehen. Holz, Stein, Metall … nein, das konnte nicht sein. Noch zwei Meter, dem Rind hinterher. Ich kam an Mrs. Pickman vorbei.

»Sie? Was woll'n Sie denn hier? Verschwind'n Se, rasch!«

Ich ignorierte sie. Das dort vorne … es sah aus wie die Mauer einer Burg. Geschichtete Steine, unterbrochen von Erkern und Zinnen … und da, dort glänzte Messing. Wie eine seltsame Antenne stach mir aus mehreren Metern Höhe ein Metallgebilde entgegen. Weiter hinten … noch mehr Mauern. Und Wände. Winzige Fenster, scheinbar wahllos verteilt. Dazwischen Metallpfeiler und Stangen, als habe jemand mit eisernen Zahnstochern Kastanientiere bauen wollen. Ich sah eine Treppe, die mehrere Meter über mir im Nichts begann und ein Stück links von mir im Nichts endete. Türen, an den unmöglichsten Stellen hineingesetzt. Terrassen, die sich ohne Ordnung übereinander türmten. Schiefe Winkel, soweit der Nebel einen Blick gewährte.

So etwas konnte es nicht geben. Während ich mit offenem Mund diesen kleinen Teil des Konstrukts begaffte, erreichte die Kuh ihr Ziel: Eine Toröffnung auf Bodenhöhe. Sie trottete hinein, worauf hinter ihr ein Fallgitter herabschoss. Mit lautem Getöse prallte es auf die Steine und sperrte das Tier ein.

Plötzlich lag eine Hand auf meiner Schulter. Ich erschrak und schrie laut auf.

»Sie können's einfach nicht lassen, wie? Dann seh'n Se eben zu, beobachten Se, wozu Sie und ihre Ahnen mich getrieb'n ham!«

»Was geschieht mit dem Tier?«

»Schau'n Se einfach hin, Mister, dann sehen Se's.«

Die Kuh war beinahe außer Sicht, als sich hinter dem Fallgitter eine Art Schleuse öffnete. Grüne Flüssigkeit flutete den Gang und spülte über das Rind hinweg. Nun blökte es wieder. Oh ja, es blökte. Dampf stieg von der triefenden Gestalt auf, während sie wie rasend brüllte. Ich musste an Verbrennungen durch heiße Flüssigkeiten oder Säure denken und unterdrückte nur mit Mühe ein Würgen. Es stand außer Zweifel, dass die Kuh fürchterliche Qualen litt.

»Um Gottes willen, was geht dort vor?«

»Is‘ Ihnen das denn nich‘ klar? Seh‘n Se denn nicht, was das Ding tut? Immerhin geht’s diesmal recht schnell. Ich hab schon Viecher geseh‘n, die’s ganz langsam zerlegt hat, über Tage.«

Nebel und Dampf vermischten sich zu einem blickdichten Schleier. Ich glaubte, darunter an manchen Stellen Knochen und Muskelfleisch zu sehen, war mir dessen aber nicht sicher. Dem Geschrei des Tiers ging alles Natürliche ab. Hätte ich nicht gewusst, dass es von einer Kuh stammte, ich hätte es niemals zuzuordnen vermocht.

Voller Entsetzen lauschte ich dem Todeskampf. Ich war unfähig, mich zu rühren. Stattdessen bewegte sich mit einem Mal das Konstrukt. Unter lautem Knirschen und Quietschen kippte die Mauer von mir weg. Ich dachte zuerst, sie würde umfallen, doch dann kam darunter die nächste Wand aus Stein zum Vorschein. Der Raum wurde nach hinten gedreht, als würde man einen Holzklotz umstoßen. Staub wirbelte auf, als sich mit ohrenbetäubendem Getöse weitere Bauteile in mein Blickfeld schoben. Das obere Ende eines Turms rotierte gemächlich vorbei, angetrieben von metallischen Stützen. Türen öffneten und schlossen sich, während sie an mir vorbei transportiert wurden, als wolle mir das Ding eine Botschaft im Morse-Code übermitteln. Als sich etwas von oben her näherte, gab mir der Überlebensinstinkt die Befehlsgewalt über den Bewegungsapparat zurück. Schnell sprang ich zwei, drei Sätze zurück und riss Mrs. Pickman mit mir. Eine Sekunde später bebte die Erde, als dort, wo ich eben noch gestanden hatte, ein Gebäudeflügel mit dem Boden kollidierte. Er stand schief, hatte nur mit einer Kante Kontakt zum Untergrund. Und dennoch stand er. Ein einzelnes Tor starrte uns entgegen. Während ich den Blick erwiderte, öffnete es sich und eine hölzerne Zugbrücke klappte rasselnd herab. Sie war ebenso schief wie der Rest des Gebäudeteils, doch man konnte sie betreten. Und dahinter, im Inneren, lag ... etwas.

»Boxer!«, rief Mrs. Pickman aus und riss sich los. »'s lässt ihn geh'n!«

Sie rannte die Zugbrücke empor. Es grenzte an ein Wunder, dass sie das Gleichgewicht wahrte und sich nicht sämtliche Knochen brach. »Boxer! Boxer! Mein Gott, was hat's dir angetan?«

Ich musste es sehen. Nun war ich so weit gekommen, da würde ich diesen Schritt ebenfalls wagen. Angst und fiebrige Erregung rangen in mir, als ich über die Holzbohlen eilte.

Hinter dem Tor begann ein steinerner Bogengang. Die Alte kniete darin und weinte. Vor ihr lag das, was von dem Hund übrig war. Er lebte noch, allerdings glaube ich, dass er lieber tot gewesen wäre. Die Seite des Tiers, die Kontakt zum Untergrund hatte, war halb aufgelöst. Zähflüssiges Fleisch troff herab und versickerte in Ritzen zwischen den Steinen. Haut, Muskeln und Fett waren förmlich weggeschmolzen. Ich sah Knochen, die nur noch über Sehnen miteinander in Verbindung standen. Die gesunde Hälfte des Hundes zitterte, die Brust hob und senkte sich hektisch. Ein schrilles Winseln entwich dem zerstörten Maul.

Zu sagen, ich hätte Boxer nie gemocht, wäre eine Untertreibung. Dennoch hätte ich ihm niemals dieses unsägliche Schicksal gewünscht. Kein Lebewesen sollte solche Qualen erdulden müssen.

Er musste nicht mehr recht bei Sinnen sein, denn als sich Mrs. Pickman über ihn beugte, schnappte er nach ihr. Mehrere Zähne brachen ab, fettiger Schleim flog durch die Luft. Mit der unversehrten Kieferhälfte riss Boxer der Alten ein großes Stück Fleisch aus der Wange. Ehe ich auch nur aufschreien konnte, hatte er die Fänge tief in die Schulter der Alten gegraben. Sie kreischte und fiel nach hinten, ein weiterer entsetzlicher, rottriefender Brocken verblieb in Boxers Maul. Ich wollte sie auffangen, als ich aus dem Augenwinkel sah, wie sich hinter uns die Zugbrücke schloss. Das Ding hatte uns den Hund nie zurückgeben wollen – es hatte uns in eine Falle gelockt!

Mit dem Mut der Verzweiflung sprang ich zu Mrs. Pickman, wich Boxers Fängen aus und schleifte die Alte zurück zum Tor. Nur ein Spalt war noch frei, wir hatten allenfalls Sekunden. Ich warf Mrs. Pickman hinunter und sprang selbst hinterher. Einer meiner Schuhe blieb in der schmalen Lücke hängen. Ich überschlug mich in der Luft und landete auf Kopf und Schultern. Während alles in Schwärze versank, hörte ich das Ding donnern:

DNGKD! KEJ YCTVG UEJQP UQ NCPIG CWH FKEJ! FW DKUV FGT UGPFGT!

- Eine Warnung und eine Geiselnahme -

»Ihr Schädel muss aus Granit sein, bei all'm, was er schon überstand'n hat. Aber hier nützt Ihnen das auch nichts mehr.«

Die Worte klangen lallend und angestrengt, als habe der Sprecher einen Stein im Mund. Ich schlug die Augen auf und schrie, als ich die Fratze erblickte. Wo einmal Mrs. Pickmans linke Gesichtshälfte gewesen war, befand sich nun ein rotes Trümmerfeld, durchsetzt mit Sehnen, Muskelsträngen, Zähnen und einer leeren Augenhöhle. Der Blutverlust war enorm; während ich die Frau anstarrte, strömte ein warmes Rinnsal auf mich herab. Mir war sofort klar, dass sie unter Schock stehen musste. Kein Mensch konnte solche Verletzungen davontragen, ohne vor Schmerz wahnsinnig zu werden.

»'s hat uns gekriegt. Wir war'n in ihm drin, und nun hat's uns verschlungen.«

Mich packte das Grauen, als sich die Zahnstummel innerhalb der Masse bewegten. Unter Aufbietung aller Kräfte riss ich den Blick von Mrs. Pickman los, stemmte mich auf die Ellbogen und sah mich um.

Der Nebel hatte sich etwas gelichtet und enthüllte einen Pfad voller Geröll, spärlichen grauen Pflanzenbewuchs sowie eine verkrüppelte Kiefer, die sich stur an den kargen Boden klammerte.

»Sie haben ... mich bis hierher geschleift?«

Meine Zunge war schwer. Jede Silbe dröhnte zwischen den Ohren und die kleinste Körperbewegung war unglaublich anstrengend. Wenn ich mich nicht konzentrierte, sah ich alles in verstörenden Doppelbildern. Etwas klebte in meinem Gesicht. Ich wischte darüber und bemerkte, dass mir Blut aus einem Nasenloch rann. Wenn man bedenkt, wie oft ich innerhalb kürzester Zeit und aus den unterschiedlichsten Gründen das Bewusstsein verloren hatte, musste ich mich wohl trotz allem glücklich schätzen.

»Ja, ja!« Als ich wieder zu Mrs. Pickman emporstarrte, tat sich in der zerstörten Wange ein zahngespickter Spalt auf. Sie lächelte. »Fortgeschleppt von dem Ding. Weg, nur weg. Aber 's hat uns trotzdem, wir sind so oder so verlor'n!«

Ein rhythmischer, gurgelnder Laut folgte. Ich glaube, sie stand so sehr neben sich, dass sie tatsächlich zu lachen versuchte. »Kommen Sie, Mister! Lassen Se uns weiter sinnlos flieh'n!« Sie stand auf, drehte sich um und wandte mir endlich die gesunde Seite ihres Gesichts zu. Weit kam sie nicht. Bereits nach wenigen Schritten verdrehte sie die Augen und sank zu Boden, als wäre sie eine Marionette, der man die Fäden gekappt hatte. Sie schlug hin und blieb reglos liegen.

***

Ich kann nicht genau sagen, wie ich es zurück zum Dorf schaffte. Mein Verstand war ziemlich in Mitleidenschaft gezogen und zeichnete nur Bruchstücke auf. Ich weiß noch, wie ich auf die Beine kam und mich übergeben musste. Die Schmerzen, die meinen Schädel umspannten, warfen mich zurück auf die Erde. Irgendwann kam ich erneut hoch und schaffte es sogar, mir das schlaffe Bündel über die Schulter zu werfen. Ich wollte abwärts, den Berg hinab, zu den Bäumen und den Häusern ...

Es ist mir unerklärlich, dass ich mich nicht verlief. Ich kann nur vermuten, dass ein uralter Überlebensinstinkt mich in jenen Minuten leitete. Wie auch immer, das nächste, woran ich mich klar erinnere, ist die Bank in Mrs. Pickmans Haus. Ich bettete den gebrechlichen Körper darauf, fasste mit beiden Händen an meinen Schädel und wollte mir ins Gedächtnis rufen, wie man ein Feuer entfacht.

Bevor es mir einfiel, sah ich eine Gestalt am Fenster vorbeigehen.

Meine Rechte schnappte nach dem Schürhaken, ich taumelte ins Freie. Was auch immer der Berg mir hinterhergeschickt hatte, ich würde meine Haut teuer verkaufen!

Ein ängstlicher junger Mann stand vor mir, fast noch ein Knabe. Sein Gesicht war von Akne gezeichnet, er bewegte sich ungelenk und seine Augen waren geweitet. Als er mich auf sich zutaumeln sah, ließ er vor Schreck die Tasche fallen, die er über der Schulter trug.

»Wer bist du?«, herrschte ich ihn an. »Und was willst du hier?«

»Bi ... bitte ... t-tun S-Sie mir nichts, M-M-Mister!«

»Wer du bist, will ich wissen!«

Gottlob fing der Bengel an, zu reden. Ich weiß nicht, was ich in meiner Benommenheit und Erregung sonst getan hätte.

»I … ich habe einen Eilbrief. E … Express … Zustellung.«

Sein riesiger Adamsapfel hüpfte auf und ab. »S … sind Sie Mister Usher?«

Nein, wollte ich brüllen. *Ich bin Mister Coldlowe, ein Mann von Adel! Angehöriger einer erlesenen Gemeinschaft und Bewahrer von …*

Ich erinnerte mich an die Zeit vor dem Irrsinn und nickte stumm.

Der Junge bückte sich nach der Tasche und zog einen Umschlag heraus. »H … hier. Ein Schreiben von einem M … Mister Bl … Blake.«

Mit zittrigen Fingern griff ich nach dem Schriftstück. Der Bote umklammerte seine Tasche, machte kehrt und entfernte sich so schnellen Schrittes, dass man es gerade noch als »Gehen« bezeichnen konnte.

Ich betrachtete den Brief. Edward Blake … das Paket mit den Blaupausen hatte ich vollkommen vergessen gehabt. Wann hatte ich es aufgegeben? Ich rechnete nach und stellte erstaunt fest, dass Edward mir nahezu postwendend geantwortet haben musste. Und dann auch noch per Eilzustellung. Was sollte so dringlich sein? Was hatte er in den Zeichnungen gesehen?

Die Kälte war vergessen, die Schmerzen ausgeblendet. Ich riss den Brief auf und zerrte ihn ans Zwielicht. Das Schreiben war in ungewohnt krakeliger Schrift verfasst, so als habe Edward die Worte in großer Eile hingekritzelt:

***

Werter Freund,

vorab möchte ich mich dafür entschuldigen, dass ich auf den folgenden Seiten den gebührenden Umgangston sowie die sonstigen Gepflogenheiten einer schriftlichen Konversation vermissen lassen werde. Doch die Umstände sind derart dringlich und bieten einen solch immensen Anlass zur Bestürzung, dass ich keine Zeit mit vergleichsweise unwichtigen Dingen vergeuden darf.

Es dreht sich natürlich um das Paket, welches du mir zugesandt hast. Meine Freude darüber, nach längerer Zeit wieder von dir zu hören, wurde schon bald von Grauen verdrängt, als ich den Inhalt der Schachtel genauer in Augenschein nahm. Du weißt ja, dass meine Begabung ein gewisses intuitives Talent umfasst. Ein Talent, das einige meiner Entwürfe so besonders hat werden lassen. Es ist mir möglich, bestimmte Zusammenhänge und Prozesse zu erfassen, ohne sie im Detail verstanden zu haben.

Als ich deine ungewöhnlichen, skizzenhaften Zeichnungen und Baupläne studierte, meldete sich plötzlich jene Intuition. Mich beschlich ein solches Entsetzen, dass ich es kaum in Worte fassen kann. Die Blaupausen sind unvollständig und zeigen nur die äußersten Kreise eines riesigen Dinges – ich würde es ein Bauwerk nennen, doch das würde ihm nicht gerecht –, sodass ich hoffe, dass meine Schlussfolgerungen auf falschen Annahmen beruhen. Wer immer die Zeichnungen angefertigt hat, er hat seine Ideen entweder nicht zu Ende gedacht, oder (und ich bete zu Gott, dass dem nicht so ist, denn das würde bedeuten, dass jenes Ding tatsächlich existiert) er hat nie mehr von seinem Studienobjekt zu Gesicht bekommen als jene äußersten Bereiche. Insgeheim weiß ich jedoch, dass die weißen Stellen auf den Blättern lediglich ein noch größeres Grauen von mir fernhalten, dass sie meine Theorien schlagend untermauern und sogar erweitern würden, wären sie ausgefüllt.

Womit auch immer du es dort zu tun hast, mein Freund – es ist etwas durch und durch Böses! Es ist derartig komplex, dass es unmöglich von einem Menschen ersonnen sein kann. Ich bezweifle sogar, dass ein Mensch es jemals ganz wird verstehen können.

Doch ich glaube, darin gewisse Zusammenhänge entdeckt zu haben. Da sind überall Schächte und Vertiefungen, die wie Aquädukte anmuten. Sie führen zu Räumen, die so ausgekleidet sind, als würden Flüssigkeiten in ihnen gelagert. Wird alles richtig angeordnet, können bestimmte Areale geflutet werden, woraufhin alles in den nächsten Bereich schwappt, in den wiederum Leitungen münden. Es erscheint mir möglich, dass auf diese Weise etwas über mehrere Stufen durch das Ding hindurchgespült und dabei von verschiedenen Lösungen benetzt wird. Und am Ende landet es in Schächten, die hinunter führen, in tiefer liegende Bereiche. Was immer dort wartet, ist nicht in den Plänen verzeichnet. Doch es bekommt das Endprodukt des Prozesses geliefert.

Ich habe die entsprechenden Stellen einem höchst belesenen Kollegen gezeigt, einem Naturwissenschaftler. Ich ließ alles unkommentiert, deutete lediglich an, wo die Flüssigkeiten gelagert werden könnten und wie sie möglicherweise in die Räume gelangen. Und ich fiel fast vom Stuhl, als er daraufhin murmelte: »Das sieht beinahe so aus, als habe ein verrückter Architekt den Verdauungstrakt eines Wiederkäuers nachbauen wollen.«

Für kurze Zeit überlegte ich, ob ich mich erneut ins Sanatorium einweisen lassen sollte, denn solche Gedankengänge sind in höchstem Maße abnorm und ungesund. Doch mein Kollege sah es auch!

Und da ist noch mehr – eine weitere Funktion, die ich zu erkennen glaube. Alle Teile des Dings sind so gelagert, dass sie gegeneinander bewegt werden können, angetrieben von Windrädern und Wasserkraft (wie es scheint, fließt ein unterirdischer Bachlauf an der Konstruktion vorbei). Und wenn man alles auf die richtige Weise anordnet, die Konstellation der verschiedenen Metalle, Leiter und Nichtleiter ...

Die Armee forscht derzeit an gewaltigen Funkvorrichtungen. An Empfangsanlagen, um unglaublich schwache Signale aufzufangen. Und ich schwöre bei allem, was mir hoch und heilig ist: Auf die richtige Weise angeordnet, ist jenes Ding zu solchen Leistungen in der Lage. Es würde den aktuellen Stand der Entwicklungen mühelos übertreffen. Ich glaube sogar, dass es nicht nur Signale auffangen könnte, nein: Wenn man es auf die rechte Weise anpackt, kann man damit auch etwas entgegnen!

Du musst mittlerweile glauben, ich hätte einen Rückfall erlitten; daher macht es wenig Sinn, dir noch mehr zu eröffnen. Mit jedem weiteren Wort werde ich unglaubwürdiger. Aber eine Sache muss trotzdem ausgesprochen werden. Sie betrifft dich ganz persönlich, darum bitte ich dich inständig, dir das Folgende durchzulesen. Nein, ich bitte nicht, ich insistiere!

Bei meinen Nachforschungen war ich gezwungen, in einigen übel beleumdeten Werken nachzuschlagen, die in den verstaubtesten Winkeln unserer Universitätsbibliothek aufbewahrt werden. Und darin habe ich Andeutungen gefunden, Hinweise auf Wesen in den Tiefen des interstellaren Äthers, die ... nein, du glaubst mir ohnehin nicht. Viel wichtiger ist, wer dabei auf mich aufmerksam wurde. Wie es scheint, existiert eine Fraktion, die Spione an der Universität postiert hat. Sie beobachten bestimmte Schriftstücke, und wenn diese entliehen werden, werden die betreffenden Personen observiert. Keine zwei Stunden, nachdem ich mit den Büchern nach Hause gegangen war, standen sie vor meiner Tür und stellten unmissverständliche Fragen. Sie wussten von dem Ding! Sie wussten davon und wollten es finden.

Für mich steht außer Zweifel, dass sie es keinem guten Zweck zuführen werden, sollte es ihnen jemals gelingen, es aufzuspüren und zu beherrschen. Diese Menschen drohten mir und meiner Familie, sie schreckten sogar vor körperlicher Gewalt nicht zurück. Und so musste ich ihnen Auskunft geben. Ich verriet ihnen, von welchem Postamt aus das Paket an mich abgeschickt worden war, allerdings verschwieg ich deinen wahren Aufenthaltsort – jenes Dorf, das du in deinem kurzen Schreiben erwähnst. Nachdem ich ihnen vorgaukeln konnte, nichts von dem auch nur im Ansatz zu verstehen, was auf deinen Zeichnungen abgebildet war, verbrannten sie alles und gingen. Sie sind zweifelsohne in die Stadt unterhalb der Berge unterwegs. Zwar wissen sie nicht, wo du tatsächlich weilst, doch ich fürchte, sie werden nicht viel Zeit benötigen, um das herauszufinden. Diese Menschen haben Mittel und Wege, um an Informationen zu gelangen.

Wenn ich dir also einen guten Rat geben darf: Verschwinde so rasch wie möglich! Lass alles zurück, was nicht überlebenswichtig ist und verstecke dich vor jenen Personen. Und das Ding auf den Zeichnungen ... vergiss es! Es ist nicht für den menschlichen Verstand bestimmt, soviel ist sicher. Ihm kann nichts als Übel entwachsen.

Ich hoffe, ich sehe dich bald bei guter Gesundheit wieder. Und ich hoffe, das war alles nur ein besonders geschmackloser und raffinierter Scherz von dir. Doch meine innere Stimme weiß es besser.

Flieh, solange du kannst!

Edward Blake

***

Obwohl es nahezu unmöglich war, meine Erregung noch zu steigern, löste die Lektüre dieser unmissverständlichen Warnung einen nicht zu unterdrückenden Impuls in mir aus; das Bedürfnis, die Beine in die Hand zu nehmen und zu fliehen. Der Brief entglitt meinen zitternden Händen und schwebte dem schlammigen Boden entgegen. Es hätte nicht viel gefehlt und ich wäre kopflos die Berge hinabgehastet, ohne angemessene Kleidung, Verpflegung oder gar ein Ziel. Ich wollte nur noch fort. Doch in irgendeinem entlegenen Winkel meines Verstands muss sich hartnäckig ein letzter Rest Rationalität gehalten haben, denn ich rannte nicht blindlings davon wie ein hirnloses Tier.

Vielmehr erinnerte ich mich an Mrs. Pickmans Automobil. Ich würde es anlassen, damit zu dem Haus der Alten zurückkehren und ihren bewusstlosen Körper auf den Beifahrersitz legen. Zwar erschien es mir höchst unwahrscheinlich, dass ihr Leben oder gar ihre geistige Gesundheit gerettet werden konnten, doch gebot mir die Menschlichkeit, es zumindest auf einen Versuch ankommen zu lassen.

Beine, die mir vorkamen wie Prothesen, trugen mich zu dem Schuppen. Ich riss das wurmstichige Tor auf, wankte zu dem Fahrzeug und griff nach der Kurbel für den Anlasser. Die simplen Kreisbewegungen verlangten mir alles ab; es kam mir vor, als müsse ich nicht nur die Kurbel drehen, sondern den gesamten Planeten mit ihr. Als der Motor stotternd zum Leben erwachte, war ich am Ende meiner Kräfte.

Ich kletterte stöhnend hinter das Steuer und fuhr durch das offene Tor des Schuppens. Weiter kam ich nicht, denn vor dem Gebäude erwarteten mich die Mündungen dreier Pistolen, die auf mich gerichtet waren.

***

Es waren zwei Männer und eine Frau. Sie trugen lange, dunkle Mäntel und breitkrempige Hüte, die sie tief in die Gesichter gezogen hatten. Einer der Männer musste so etwas wie der Anführer des Trupps sein, denn er war es, der die Anweisungen erteilte. Er ließ mich den Wagen abstellen und zurück zu Mrs. Pickmans Haus gehen, wobei ich die Waffe der Frau zwischen meinen Schulterblättern spürte.

Wir kamen an einem Fahrzeug vorbei, dessen Türen offenstanden. Dem Motorraum entwichen leise Klick-Geräusche; wie es schien, waren die Gestalten eben erst eingetroffen. Ich verfluchte mich dafür, dass ich sie nicht kommen gehört hatte.

Die drei Fremden sahen sich in dem Haus um, ehe mir der Anführer befahl, mich vor der Bank auf dem Boden niederzulassen. Er war vielleicht Mitte vierzig, untersetzt und hatte ein breites Gesicht mit kleinen, bedrohlich funkelnden Eisaugen.

»Ganz schöner Schweinestall«, brummte er und deutete mit einem Nicken auf Mrs. Pickman. Seine Stimme war rau und kratzig; er klang, als wäre er starker Raucher. Obwohl ich furchtbare Angst hatte, bemerkte ich außerdem einen leichten britischen Akzent. »Wie ist das passiert?«

Wenn man Edwards Schreiben Glauben schenkte – und das tat ich –, wussten sie ohnehin Bescheid. Wieso ihnen also etwas vormachen? Außerdem hatte ich einen Zustand der Resignation erreicht, in dem mir nahezu alles egal war.

»Es war das Ding«, murmelte ich. »Das, weswegen Sie hier sind.«

Der Mann und die Frau von niederem Rang warfen sich merkwürdige Blicke zu. Sie waren jünger als der Andere, möglicherweise Anfang dreißig. Der Mann war recht stattlich und strahlte die angeborene Überheblichkeit gehobenen Standes aus, die Frau wäre hübsch gewesen, hätte ein gieriger Wesenszug nicht solch abstoßende Spuren in dem sommersprossigen Gesicht hinterlassen.

Der Anführer hob gebieterisch die Hand, um seine Leute zu beruhigen. »Ach ja? Haben sich zu weit vorgewagt, was? Sich mit Dingen eingelassen, von denen Sie nichts verstehen.«

»Wenn Sie dorthin gehen, wird es Sie töten.«

Wieder sahen die beiden Jüngeren sich an; Unsicherheit flackerte in ihren Augen.

»Ich kann Ihnen versichern: Wir werden nicht so dumm sein wie Sie«, entgegnete der Anführer. »Wir sind bestens vorbereitet.« Bei den letzten Worten warf er seinen Untergebenen einen strengen Blick zu. Sie rissen sich sichtlich zusammen.

»Nichts und niemand kann Sie auf dieses Ding vorbereiten«, presste ich hervor.

Kurz sah er mich an. Dann lachte er. »Hören Sie, Mister Coldlowe: Sie haben ja keine Ahnung. Unser Auftraggeber hat uns mit gewaltigen Mitteln ausgestattet. Seit vielen Jahren schon trägt unsere Organisation Informationen über das Konstrukt zusammen. Wir wissen, was uns erwartet.«

Für eine Sekunde fragte ich mich, woher der Kerl meinen wahren Namen kannte, doch dann erinnerte ich mich an eine Zeile aus Edwards Schreiben:

Diese Menschen haben Mittel und Wege, um an Informationen zu gelangen.

Ich beschloss, den Spieß umzudrehen.

»Ich weiß, wer Ihr Auftraggeber ist. Ich kann es hören.«

Er blinzelte zweimal, bevor er sich herabbeugte und mir den Lauf seiner Waffe ins Nasenloch steckte.

»Ein ganz Schlauer, was? Ich sage Ihnen eins: Es ist vollkommen egal, was Sie wissen und was nicht. Sie werden diese Sache nämlich nicht lebend überstehen. Sie haben es allerdings in der Hand zu bestimmen, ob es ein rasches oder ein langsames Ende mit Ihnen nehmen wird.«

Sein Atem roch nach Nikotin und Pfefferminz. Ich schluckte mühsam, sammelte all meinen Mut, kniff die Augen zusammen und zischte: »Nur zu, erschießen Sie mich!«

»Ha, das würde Ihnen gelegen kommen, was? Nein, ich erlöse Sie erst, nachdem Sie einige Informationen mit mir geteilt haben.«

Das Metall zog sich aus meiner Nase zurück. Ich öffnete die Augen und sah, wie die Pistole in Richtung meines Knies wanderte.

»Wo genau finden wir das Konstrukt?«

»Ich ... ich weiß es nicht.«

»Blödsinn!«, brüllte er und zog mir den Lauf der Waffe über den Schädel. Die Welt wurde dunkel und ich fühlte frisches Blut über mein Gesicht rinnen.

»Ich frage Sie noch einmal, bevor das andere Ende dieses Dings zum Einsatz kommt: Wo steht das Konstrukt?«

»Ich weiß es nicht. Zumindest nicht genau. Es war neblig und ...«

»Sie denken wohl, ich meine es nicht ernst, wie? Dann geben Sie acht!«

Ein ohrenbetäubender Knall erscholl neben mir.

Ich schrie auf und versuchte, mich gegen die Schmerzwellen zu wappnen. Doch sie kamen nicht.

Dann blickte ich hinter mich. Mein Magen zog sich ruckartig zusammen und ich erbrach brennende Galle, als ich sah, was von Mrs. Pickmans Schädel übrig war. Man konnte nicht unterscheiden, welche Hälfte ihres Gesichts von dem Hund verunstaltet worden war und welche nicht. Eigentlich konnte man überhaupt kein Gesicht mehr erkennen.

»Ja, jetzt glauben Sie mir, was? Also, Mister, ich frage noch ein letztes Mal, bevor es für Sie wirklich unangenehm wird: Wo finden wir das Konstrukt?«

»Sie .... Sie haben eben die einzige Person getötet, die Ihnen diese Frage hätte beantworten können. Ich ... habe es nur gesehen, weil ich ihr durch den Nebel gefolgt bin.«

»Ist das so?« Er fuhr sich mit der freien Hand über das Kinn. »Ich glaube Ihnen nicht.«

Die Waffe wanderte in meinen Schritt und ich hörte mich schreien: »Nein, bitte! Es stimmt, ich sage die Wahrheit! Ich kenne den genauen Weg nicht, aber … aber vielleicht kann ich ihn wiederfinden. Oh mein Gott, tun Sie das nicht!«

Ein wölfisches Lächeln breitete sich auf seinen Zügen aus. »Nur wenn Sie wahre Furcht verspüren, sind die Menschen ehrlich.« Er richtete sich auf. »Glückwunsch, Ihr Leben wurde soeben verlängert. Allerdings müssen Sie dafür eine Gegenleistung erbringen.«

Obwohl ich genau wusste, wie diese aussehen sollte, fragte ich tonlos: »Und das wäre?«

»Ganz einfach: Sie führen uns zu dem Konstrukt.«

- Eine Rückkehr und ein Horror -

Ich murmelte sämtliche Gebete, derer ich mich entsinnen konnte, während ich, getrieben von Stößen und Schlägen, erneut die Flanke des Berges erklomm. Nun war ich die Kuh. Doch im Gegensatz zu dem Rind wusste ich nur zu gut, was mich hinter dem Gipfel erwartete. Die Gnade der Unwissenheit war mir nicht vergönnt.

Die Nebelschleier hatten sich etwas gelichtet und erleichterten die Suche. Bald stieß ich tatsächlich auf eine Art Pfad, der gesäumt war von Dingen, die mir bekannt vorkamen: ein Felsbrocken hier, ein markanter Stamm dort. Doch die besten Wegweiser waren weder aus Stein, noch aus Holz; sie entstammten Mrs. Pickmans Körper und fanden sich in unregelmäßigen Abständen auf dem Untergrund, wo sie frisch und grauenvoll glänzten.

»Wie ich sehe, haben Sie die Alte hier heruntergetragen«, keuchte der Anführer hinter mir. »Das ist gut für Sie, beweist es mir doch, dass Sie nicht versuchen, uns zu täuschen.«

Ich nickte stumm und stolperte weiter, kontrolliert von niederen Instinkten. Es war purer Irrsinn, sich dem Ding erneut zu nähern. Doch unser Überlebenswille widmet sich stets dem drängendsten Problem zuerst, und dieses bestand in meinem Fall aus drei Pistolen, die nicht zögern würden, mir ihre Ladung in verschiedene Körperteile zu speien. Um sie zu besänftigen, musste ich den Berg hinauf; alles andere war sekundär.

Als ich eine bestimmte knorrige Kiefer erspähte, wusste ich, dass es nicht mehr weit sein konnte. Wie lange wir bis zu diesem Punkt bereits unterwegs waren, kann ich dir nicht sagen, Magdalene. Rückblickend verschwimmt die Zeit zu einem einzigen Chaos aus Furcht und Schweiß. Ich glaube aber, dass ich einen annähernd direkten Weg um den Gipfel gefunden habe, denn die Nebel lichteten sich immer mehr. Das Ding *wollte* gefunden werden. Es sehnte sich nach mir. Und es würde mich diesmal nicht wieder hergeben, das wusste ich mit unumstößlicher Gewissheit. Bald war die Schwingung wieder da, blieb jedoch schwach. Sie zwang nicht, sondern lockte, lud ein. Mehr war nicht nötig, das musste es irgendwie spüren.

Als wir die Ebene mit den Bohrlöchern und Tunneln passierten, flackerte das Bild des ängstlichen Boten in mir auf. Einen irren Moment lang war ich sicher, über sein narbiges Antlitz zu schreiten. Es gelang mir nicht, das Kichern zu unterdrücken, das in mir aufstieg. Als es an meine Ohren drang, holte es mich ein Stück weit in die Realität zurück, denn es klang nicht nach mir. Vielmehr erinnerte es mich an die Art von Gelächter, die nachts über die Schwellen verschlossener Türen gesickert und durch die Flure des Sanatoriums gehuscht war.

Die Gestalten hinter mir tuschelten erregt. Der Anführer erhob immer wieder die Stimme, als wolle er den Trupp zur Vernunft bringen, doch ich hörte nicht hin. In meinem Kopf war die Musik, das einzig Tröstliche, das mir geblieben war. Sie geleitete mich auf den letzten Metern.

Diesmal sah ich einen größeren Teil des Konstrukts. Nichts bewegte sich und es wirkte so geordnet, wie eine scheinbar wahllose Kombination unterschiedlichster Bauteile eben wirken kann. Ein Gebäudeflügel ragte in unsere Richtung, die massive hölzerne Doppeltür stand offen. Keine Fensterläden klapperten, keine metallenen Stützen ragten in die Luft. Selbst die sichtbaren Treppen verbanden auf sinnvolle Weise unterschiedliche Stockwerke. Es hatte sich zu unserer Begrüßung herausgeputzt.

Ich stellte fest, dass keinerlei Moose oder Flechten auf den Mauern zu finden waren. Die Kraft, die der näheren Umgebung sämtliches Leben entzog, musste auch hier wirken. Obwohl also die meisten Kanten des Dings infolge vieler Jahre des Gebrauchs rundgeschliffen waren und an manchen Stellen Dachziegel oder einzelne Mauerfragmente fehlten, sah alles merkwürdig neu aus.

»Es ist überwältigend«, hauchte die Frau beeindruckt.

»Wenn der Stein Menschen dazu befähigt, so etwas zu erschaffen …«, murmelte ihr Kollege, ließ den Satz jedoch unvollendet in der Luft hängen.

Der Anführer schob mich beiseite, stemmte die Hände in die Hüften und stellte fest: »Sieht ziemlich harmlos aus. Und davor fürchten Sie sich? Ich gebe zu, dass es ein wirklich merkwürdiges Bauwerk ist, aber …« Er sah mich drohend an. »Sie glauben doch nicht allen Ernstes, ich würde Ihnen abkaufen, dass diese Anhäufung von Bauklötzen die alte Frau dermaßen zugerichtet hat?«

Ich lauschte noch immer der Musik und entgegnete abwesend: »Sie sagten doch, Sie wären vorbereitet. Wissen Sie denn nicht, wozu es imstande ist?«

Er blinzelte überrascht. »Wovon sprechen Sie?«

»Es bewegt sich. Es kann sich verformen. Es spricht zu den Menschen. Und es ... ernährt sich.«

Für einige Sekunden herrschte Stille. Schließlich brummte der Anführer: »Sie haben offenbar den Verstand verloren, Sie armer Irrer. In diesem Konstrukt befindet sich etwas, das unser Auftraggeber haben möchte. Und wir werden das jetzt holen gehen.«

»Es wird Sie alle töten. Sehen Sie es denn nicht? Es ist der älteste Trick der Welt – der Räuber tarnt sich und wartet, bis die Beute von ganz alleine zu ihm kommt.«

Die Frau trat von einem Bein auf das andere, während sie zu der Türöffnung hinüberstarrte. »Henry, denkst du wirklich, wir sollten ...«

»Einem Verrückten Glauben schenken? Einem Psychopathen? Hast du nicht gesehen, was er mit dem Gesicht der Frau angestellt hat?«

Nun erhob auch der andere Kerl das Wort. »Aber was, wenn – und ich sage *wenn* – er es nicht getan hat? Wir haben auf den Plänen gesehen, dass Teile des Konstrukts theoretisch bewegt werden können. Sollten wir das nicht zumindest in ...«

»Nein, sollten wir nicht!«, donnerte der Anführer namens Henry. »Verdammt, wie habt ihr es jemals durch die

Grundausbildung geschafft? Erinnert euch gefälligst an euren Schwur und eure Aufgabe!«

Die beiden Jüngeren warfen sich eine Reihe bedeutsamer Blicke zu - obwohl ich kaum darauf achtete, drängte sich mir die Vermutung auf, dass sie mehr waren als bloße Kollegen -, bevor sie ernste Mienen aufsetzten und Henry entschlossen zunickten.

»Na schön«, brummte dieser. »Dann nichts wie rein da.«

Eine Hand traf mich zwischen den Schulterblättern und ich taumelte vorwärts. Meine Lippen formten stumm das Vaterunser, bevor ich die Gedanken zu dir wandern ließ, Magdalene. Meine letzten freien Denkprozesse sollten dir gewidmet sein.

Kaum war ich über die Schwelle, veränderte sich die Schwingung. Sie wurde rhythmisch und erinnerte mich an einen riesigen Deckenventilator, der gemächlich rotierte. Die Luft innerhalb des Dings war kühl, aber nicht feucht. Zunächst erschien mir der Gang düster, doch meine Augen passten sich rasch an die neuen Bedingungen an und enthüllten mir einen durch zwei Fensteröffnungen erhellten Flur aus gemauertem Stein. Weder war der Boden mit Gittern bedeckt, noch fanden sich in den Wänden größere Öffnungen. Lediglich einige schmale Spalten waren unterhalb der Decke in die Mauern eingelassen.

»Seht ihr? Vollkommen harmlos«, kommentierte Henry.

Ich sagte nichts, doch die beiden Anderen sahen sich erleichtert um.

»Und nun seien Sie so freundlich und führen Sie uns zu dem Stein«, befahl Henry.

»Ich weiß nicht, wo er ist«, antwortete ich wahrheitsgemäß. »Ich bin nicht weiter als einige Meter vorgedrungen.«

»Ist das so? Nun, dann brauchen wir Sie wohl nicht mehr.«

Er hatte wieder die Pistole in der Hand und richtete den Lauf auf meine Stirn. Ich schloss die Augen und ergab mich in mein Schicksal. Ein kalter Metallkreis presste sich auf meine Haut, ein Sicherungshebel wurde klickend umgelegt.

»Wenn ich es mir recht überlege, könnten Sie vielleicht doch von Nutzen sein«, hörte ich die kratzige Raucherstimme.

Ich öffnete die Augen und sah Henry gönnerhaft erklären: »Falls hier tatsächlich Gefahren lauern, kann es nicht schaden, ein Versuchskaninchen zu haben. Jemanden, der vorausgeht und prüft, ob der Weg sicher ist.«

Er lächelte boshaft und deutete den Flur hinab. »Also dann, hoppeln Sie los.«

Die Stimme des Konstrukts ertönte zwischen meinen Schläfen. Nachdem ich seinen Worten gelauscht hatte, ging ich tatsächlich weiter. Ich schritt kraftvoll aus und hatte keine Angst mehr, denn meine Gedanken waren besänftigt.

MQOO WPF PKOO OGKPGP RNCVB GKP. KEJ VQGVG FKG CPFGTGP.

Alles geschah sehr schnell.

Kaum waren wir weit genug von der hölzernen Doppeltür entfernt, schlug diese hinter uns zu. Im selben Moment schoben sich Läden vor die Fenster und hüllten alles in Dunkelheit.

Die Frau schrie: »Verdammt, was ist los?«

Hastige Schritte, dumpfe Geräusche. Ein lautes Pochen. »Sie öffnet sich nicht mehr!«

Wieder die Frau: »Er hatte recht! Es kann sich bewegen. Es hat uns eingesperrt!«

»Beruhigt euch!«, brüllte Henry. »Uns ist nichts geschehen, es ist nur dunkel geworden. Wenn wir …«

Die Erde bebte. Knirschen und Grollen. Ich verlor das Gleichgewicht und stürzte auf die Knie.

»Der Boden bewegt sich! Er kippt!«

»Eliza!« Das war der andere Kerl. »Eliza, gib mir deine Hand!«

»John! John, wo bist du?«

Der Untergrund war nun so steil, dass ich nach hinten fiel. Ich überschlug mich mehrmals und fühlte einen anderen Körper gegen mich prallen. Sein kehliges Grunzen entlarvte ihn als Henry. Wir schlugen gegen massiven Stein.

»Halt dich fest!«

»John!«

»Um Himmels willen, halt dich fest!«

Die Schreie wurden unartikuliert. Ein Ruck durchlief die Mauern. Die schrillen Stimmen näherten sich von oben. Vor dem geistigen Auge sah ich sie fallen, Ansammlungen aus spitzen Knochen, die mich in Sekundenbruchteilen treffen und zermalmen würden.

Noch ein Ruck, gefolgt von einem metallischen Schaben. Die Schreie wurden hohl und entfernten sich zur Seite, wurden rasch leiser.

Hände zerrten an mir, tasteten nach meinem Hals und schlangen sich darum. Ich wurde geschüttelt.

»Was geschieht hier? Was macht es mit uns?«

Weiße Lichtblitze in der Finsternis. Weiteres Grollen und Knirschen. Es roch nach Staub. Metallisches Rasseln, gefolgt von einem Luftzug. Ich konnte nicht atmen. Röchelte. Hinter den Wänden hörte ich John und Eliza, das Konstrukt leitete den Schall über die Spalten zu uns.

»Wo sind wir hier?«

»Ich weiß es nicht. Aber ich bin bei dir. Hab keine Angst.«

»Der Boden fühlt sich merkwürdig an.« Wimmern. »Was ist das?«

Die Hände ließen von mir ab. »John! Eliza! Wo seid ihr?« Ich spürte, wie der Körper neben mir sich aufrichtete. Den unregelmäßigen Geräuschen nach zu urteilen, humpelte er zur nächstgelegenen Wand. Er schlug dagegen. »John! Eliza!«

»Henry!«, kam es dumpf aus dem Stein. »Wir sind hier! Wir sind durch eine ... eine Art Röhre gerutscht und hier gelandet.«

»Könnt ihr etwas sehen?«

»Nein, es ist vollkommen finster! Wir ...«

»Dann müsst ihr tasten! Gibt es in der Mauer eine Tür? Ein Loch? Irgendeine Schwachstelle, um einen Durchbruch zu versuchen?«

»Moment«, rief John, während Eliza weinte und immer wieder hauchte: »Es stinkt. Es stinkt so grauenvoll.«

»Nein, hier ist nichts. Nur massiver Stein und seltsame Gitter, die sich nicht bewegen.«

»John, wovon spricht sie?«

»Von dem Boden. Er ist ganz glitschig und bedeckt von einer stinkenden Masse.«

»Sie ist unter dem Boden«, schluchzte Eliza. »Sickert durch das Gitter nach oben.«

»Etwas kommt aus dem Boden? Was ist es?«, rief Henry.

Ich kroch langsam und unendlich vorsichtig von ihm fort, in die Richtung, in der Metall gerasselt hatte. Die Schwingung leitete mich.

»Es brennt!« rief Eliza aus. »Großer Gott, meine Finger fühlen sich an, als stünden sie in Flammen!«

»Fass das Zeug nicht an! Wisch deine Hände ab!«

»Es steigt! Es kommt aus dem Boden und steigt!«

»Was steigt?«, rief Henry. »Was kommt aus dem Boden?«

»Der Schleim! Der Schleim!«, schrie Eliza. »Gott, er brennt! Meine Füße!«

»Kletter auf meine Schultern!«

»Nein, John! Ich ... du wirst ...«

»Nun mach schon!«

Weiteres Wimmern.

»So ist … gut.« Schmerzhaftes Zischen. »Ich … ich hab dich.«

»Meine Füße, meine Füße …«

Metallisches Quietschen übertönte sie. Etwas öffnete sich. Und dann ein … Schwappen.

»Aaaaah!« Eliza kreischte. »John! John!«

Ein gurgelndes Geräusch.

»John! Oh Gott, es brennt!«

Henry trommelte gegen den Stein. »Was ist los? Was geht bei euch vor?«

John gurgelte nicht mehr, er schrie. Doch Eliza war lauter. »Es kam aus der Wand! Es hat ihn getroffen! Oh Gott, es zischt. Und es brennt, es brennt! John! John, oh mein Gott!«

»Kann dich … nicht mehr …« Wieder ein Gurgeln.

Eliza kreischte abermals. »Es löst ihn auf. Es ist Säure oder so etwas. Oh Gott, oh Gott, oh Gott!«

Henry brüllte: »Ihr müsst dort raus! Seht zu, dass ihr wegkommt!«

»… mir leid.«

»Nein, John, wenn du fällst, dann … nein, bitte nicht! Oh John, John!«

Ein Platschen, und aus Elizas Flehen wurden spitze Schreie.

»Nein!«, schrie Henry. »Nein, das darf nicht sein!« Er schlug wie wild auf die Mauer ein; seine Knöchel mussten allesamt aufgesprungen sein. »Lass sie gehen, du verdammtes Mistding!«

Eliza schrie und schrie. Die Töne wurden immer unmenschlicher. Sie gipfelten in einem Wort, das mir unter anderen Umständen womöglich ein abfälliges Lächeln entlockt hätte, nun jedoch nichts als Grauen auslöste: »Mami!«

Dann wurde es still hinter der Wand, abgesehen von dem Zischen und Brodeln sich zersetzender Materie.

Ich schob mich weiter rückwärts, fort von Henrys schwerem Atmen. Hinter mir hatte sich ein Tor geöffnet, das hatte mir das Ding inzwischen erzählt. Ich musste hindurch, musste dem Briten entkommen.

Gerade als ich eine metallene Kante ertastete, hörte ich den Kerl brüllen: »Sie!«

Stampfende Schritte. Ein ohrenbetäubender Knall. Gleißendes Licht erfüllte für einen Wimpernschlag den Gang. Henrys Gesicht war verzerrt; der Wahnsinn hatte kräftige Finger in das Fleisch gepresst und schob es an die falschen Stellen.

»Sie haben es gewusst! Sie haben sie umgebracht!«

Erneut feuerte er eine Kugel ab, um sich zu orientieren. Er war nun ganz nah; ich konnte den Speichel sehen, der von seinen Lippen flog.

Das Tor! Rasch warf ich mich nach hinten. Noch ein, zwei Bewegungen und es konnte sich hinter mir schließen. Gleich …

Ein schwerer Stiefel traf meine Brust und presste mich auf den Boden. Henrys fleischige Hand tastete nach meinen Haaren und grub sich hinein. Einmal mehr wurde Metall auf meine Stirn gepresst, nur war es diesmal brennend heiß. Ich schrie auf.

»Ich hätte Sie schon in der Hütte erschießen sollen«, flüsterte Henry mir ins Ohr. »Sie verdammtes Schwein!«

»Sie sind ein Idiot«, keuchte ich. »Ich habe Sie mehrmals gewarnt, aber Sie wollten nicht auf mich hören. Nun sind wir beide verloren.«

»Oh nein.« Er holte tief Luft. »Ich werde hier herausfinden. Aber Sie, Sie werden dieses Ding nicht mehr lebend verlassen, dafür sorge ich.«

Ich fühlte, wie sein Körper sich anspannte.

Ehe er abdrücken konnte, fuhr ein Beben durch die Wände. Über uns dröhnte es, eine gewaltige Luftbewegung blies mir Staub ins Gesicht. Ein furchtbares Geräusch erklang, wie von einem riesigen Löffel, der auf ein überdimensionales Frühstücksei schlug. Henry grunzte. Seine Hand ließ meine Haare los, der Stahl verschwand von meiner verbrannten Stirn. Ich schob mich mit einem Satz nach hinten, während direkt vor mir noch immer diese grässlichen, zermalmenden Töne zu hören waren. Sie näherten sich dem Boden, senkten sich herab. Meine rechte Hand fasste in etwas Warmes, Flüssiges. Ich riss sie hoch, griff blindlings um mich ... und ertastete eine solide Wand, wo eigentlich Henry hätte stehen sollen. Von unten erklang ein Wort, gehaucht mit dem letzten Atemzug: »Steiiin ...«

Die Mauer unter meiner Hand erbebte und glitt noch ein Stück tiefer. Unter ihr knirschten Dinge. Henrys Lungen wurden leer gepresst, fauchten wie ein Blasebalg. Eine letzte Erschütterung, dann war es vollkommen still.

Das war es beinahe. Der Rest ist ein Tasten und Stolpern durch kühle, finstere Gewölbe, mal treppauf, meist jedoch treppab. Ich wurde tief in die innersten Zirkel geleitet, konnte hören und fühlen, wie das Konstrukt sich um mich bewegte, um mir die Passage zu ermöglichen.

Ich hatte wie gesagt keine Angst mehr. Staunen und Ehrfurcht erfüllten mich auf meiner blinden Reise in das Herz des Scheusals.

Nach unbestimmter Zeit erreichte ich ihn schließlich, jenen Punkt unter dem Gipfel, an dem sich sämtliche Leitungen vereinigten; den Ort, an dem alles endete. Ein Kessel, geschlagen in den rohen Fels des Berges. Wie genau ich dorthin gelangte, kann und will ich dir nicht erzählen, meine Liebste. Kein Mensch soll mir jemals an diese Stelle folgen. Ich werde die Sache beenden und dann soll sie vergessen sein.

Dort unten war Licht. Es entstammte dem roten Stein, daher wirkte alles, als wäre es mit Blut übergossen. Ein gläubigerer Mensch wäre angesichts der flackernden Schatten vielleicht zu dem Schluss gelangt, in der Hölle gelandet zu sein.

Der Stein saß auf dem Wesen, jenem Ding, das zu mir gesprochen hatte. Er umspannte seinen Schädel wie ein kristallines Netzwerk, hatte ihn im Laufe der Zeit umwachsen und durchdrungen. Während ich den unförmigen Körper betrachtete, der plump und schwammig inmitten seines eigenen Unrats saß, die Haut überzogen von Geschwüren und dunklen Flecken, warf das Wesen den Kopf in den Nacken und sperrte seinen zahnlosen Rachen auf. Über ihm mündeten zahlreiche metallene Röhren, liefen sternförmig auf die Stelle über dem Maul zu. Aus einer der Leitungen troff nun Flüssigkeit. Sie schwappte zwischen die fleischigen Lippen, zähflüssig, durchsetzt mit größeren Brocken. Das Wesen schlürfte lautstark, der rote Stein begann heller zu leuchten. Es trank, glucksend, stöhnend, nahm alles in sich auf, bis sich der furchtbare Strom schließlich erschöpfte.

Dann sah es mich an und sprach:

FGT UVGKP JCV OKEJ UQ YGTFGP NCUUGP. PKOO FW KJP. UCIG KJPGP, UKG UQNNGP KJP BWTWGEMPGJOGP. GT YGKUU PWP IGPWI.

Nachdem es mir meine Aufgabe anvertraut hatte, ließ es mich ein letztes Mal gehen. Es wusste, ich würde nicht mehr zu fliehen versuchen. Ich hatte begriffen, verstand die wahren Ausmaße der Angelegenheit. Meine Entscheidung war gefallen.

Ich durfte in das verlassene Dorf zurückkehren, um dieses Schreiben zu verfassen, Magdalene. Um von dir Abschied zu nehmen.

Ich habe zu Beginn des Briefes versprochen, vollkommen ehrlich zu dir zu sein, daher hoffe ich, du bist nicht allzu erbost darüber, dass ich in einigen Punkten nicht deutlich geworden bin. Manche Schrecken sind so groß, so gefährlich für den menschlichen Verstand, dass ich dich nicht damit belasten möchte. Allerdings fühle ich mich an mein Versprechen gebunden und habe sie daher trotz allem erwähnt. Sie sind versteckt, verborgen in den Seiten. Ich weiß, dass du eine aufmerksame Leserin bist, daher sollte es dir ein Leichtes sein, das nötige Rüstzeug zu finden. Ich habe alles aufgeführt, du musst es lediglich anwenden, sollte deine Neugier unbezwingbar sein. Doch ich bitte dich: Lass es sein!

Bei dieser Sache geht es um kosmische Verwicklungen, um Dinge, auf die der Mensch nicht vorbereitet ist. William hat kein Unrecht begangen, als er den Stein nach Amerika brachte; es war vielmehr eine ruhmreiche Tat voller Edelmut. Der rote Stein sammelt, Magdalene! Er möchte *wissen*. Gott allein kann sagen, was geschehen wäre, hätte man ihn in einer größeren Stadt zur Entfaltung kommen lassen.

Obwohl ich hoffe, dass du mir nicht glauben wirst, möchte ich dir versichern: ich bin nicht verrückt, meine Liebste. Bin es nie gewesen. Meine Wahnvorstellungen, all jene Schrecken, die ich hinter dem Schleier der Realität sah … sie waren real. Es war die Wirklichkeit, wie sie sich darstellt, wenn man den Blickwinkel über die Grenzen menschlichen Ermessens hinaus erweitert. Das Ding hat mich im Mutterleib nicht geschädigt, oh nein: Es hat mich vorbereitet! Es hat meinen Geist verändert, damit ich heute imstande bin, meine Aufgabe wahrzunehmen.

Ein immenser Wissensschatz wird mit mir geteilt werden, wenn ich an jenen Ort zurückkehre. Ich werde Zusammenhänge begreifen, die weit über den aktuellen Stand der Wissenschaften hinausgehen. Wenn ich erfolgreich bin, ist der Fluch bald von der Welt genommen. Ich werde dann fort sein. Entweder nimmt der Stein mich mit oder ich sterbe unter jenem Konstrukt. In jedem Fall wird mein Körper einen gewaltigen Wandel durchlebt haben, gemästet von unaussprechlichen Dingen und modifiziert von dem roten Kristall. Du sollst und wirst mich nie wieder sehen.

Mit mir wird das Geschlecht der Coldlowes aussterben, und so soll es auch sein. Ich schließe einen Kreis, den vor Jahrhunderten mein Urahn William zu ziehen begonnen hat.

Für dein Auskommen ist gesorgt. Ich habe ein zweites Schreiben vorbereitet, das an Mr. Vanderbilt gehen wird. Das Haus meiner Eltern sowie sämtliche Dinge, die es beinhaltete, sind vernichtet – wie, spielt keine Rolle und Vanderbilt wird es auch nie erfahren. Somit steht mir mein Erbe zu, das Vermögen der Coldlowes. Ich habe veranlasst, dass alles (inklusive dieses Briefs) über verschlungene Kanäle, die du hoffentlich nie wirst zurückverfolgen können, an dich gehen wird.

Sollte ich bei unserem letzten Treffen überraschenderweise die Saat des Lebens in dich gepflanzt haben, so bitte ich dich, stets aufmerksam über das Kind zu wachen. Falls es eines Tages einen seltsamen Drang in Richtung bestimmter Berge entwickelt, bedeutet das, dass ich versagt habe. In diesem Fall musst du es töten. Es darf mich nicht finden. Die Sache muss ein Ende haben. Hörst du? Töte es.

In ewiger Liebe,

Roderick

- Über den Autor -

Homepage von Fred Ink: www.fred-ink.jimdo.com

Facebook-Seite von Fred Ink: www.facebook.com/fredink

Twitter-Kanal von Fred Ink: www.twitter.com/fred_ink

- Danksagungen -

Fred Ink dankt den **Testlesern** *Maria Engels, Ilja Fuchs, Nils Jensen, Florian Lutz, Romana Grimm, Markus Günther* und *Jennifer Waschk.*
Außerdem geht ein riesengroßes Dankeschön an *Jenny Merz,* die das **Cover** des Buchs gestaltet hat.

… na, konnten Sie Rodericks Rätsel lösen?

1910327R00070

Printed in Germany
by Amazon Distribution
GmbH, Leipzig